최 재 영

2018년《문학사상》신인문학상을 수상하며 작품 활동을 시작했다.
장편소설『빅파파』가 있다.

맨투맨

맨투맨

오늘의 젊은 작가 46

최재영
장편소설

민음사

차례

① 외톨이 초롱이는 매우 힘들게 살고 있었다 7

② 초롱이에게 새로운 기회가 찾아온다 17

③ 초롱이는 존나 존나게 노력한다 45

④ 초롱이는 이기지만, 그것은 실은 가짜 승리다 71

⑤ 초롱이의 몸속에 잘못된 것이 흐른다 99

⑥ 초롱이는 무엇이 옳은 길일지 홀로 고뇌한다 123

⑦ 초롱이는 자신의 길을 선택한다 157

⑧ 초롱이는 싸우고, 이긴다 179

작가의 말 199

작품 해설 202

추천의 글 216

※ 각 장의 제목들은 「맨투맨」의 진짜 작가가 이야기를 설계하는 과정에서 각 단계마다 임의로 붙여 놓은 것을 그대로 따왔다.

① 외톨이 초롱이는 매우 힘들게 살고 있었다

1-1

사는 것은 싸우는 것이란 말을 어떤 유명한 사람이 했던 것 같은데 그게 누군진 알지 못하지만 확실한 건 꼭 이겨야 한다는 말은 없었다는 것이다. 그리고 져 본 사람이면 누구나 아는데, 지는 것은 이기는 것만큼이나, 아니, 때로는 이기는 것보다 더 어렵다. 그리고 지는 것은 또한, 달콤하다. 그래서 지기 위해 매일매일 부단히 노력하고 있다.

매일매일이 추락이다. 이곳엔 바닥도 없고 중력도 없어 추락에도 끝이 없다.

그 덕에 다치지도 않는다. 그 탓에 멈추지도 않는다. 완결되지 못하는 이야기처럼.

매일매일 부단히 추락 중이다.

"역시 명절이 좋아."

나는 잔을 입가에 가져가며 말했다. 좁은 반지하방 창문으로 비스듬히 햇살이 들어왔다.

"여유롭잖아. 거리가 조용한 게, 아무도 내 마음을 아프게 하지 않아."

나는 평일 오전 11시부터 소주를 마시고 있어도 아무런 죄책감이 느껴지지 않는다는 점에서 추석이 참 마음에 들었다. 추석이란 어쩐지 온 가족이 모이는 거짓 명목을 내세울 뿐 모두 어딘가에서 혼자 조용히 소주잔을 기울이는 그런 날 같았다.

"그런데 너는 평소에도 이렇잖아."

프랑켄이 반문했다. 나는 대답하지 않았다. 종종 나에게 가혹한 그였다.

피 PD에게 전화가 온 건 그렇게 두 번째 소주병을 거의 비웠을 때였다. 거의 1년 만에 온 연락이었다. 전화만 오면 스트레스를 받으며 걷잡을 수 없는 공포를 느끼는 사람들의 특징은 또 그런 주제에 대차게 전화를 무시하지도 못한다는 점이다. 나 역시 마찬가지였다.

아들 셋을 혼자 키웠다는 사실을 자랑삼아 말하곤 하는 당찬 여자인 피 PD는 바로 본론부터 꺼냈다. 대체로 그런 것들을 두려워하는 사람인 나는 입으로는 사람의 말을 내뱉으면서 코로는 거리의 화이트 노이즈를 흉내 냈다.

"아, 피디님, 쉬이이익, 오랜만, 잘 지낸, 쉬익 쉬이이이익, 쉬익, 아 근데 제가 밖이라, 쉬이이, 쉬이이익, 자, 잘 안 들리는, 쉬이이익, 쉭쉭, 쉑쉑, 호이호이, 쉬익, 쉬이이익, 얍얍, 여, 여보세, 쉬이이익, 여보세쉬이익……."

내가 판단할 땐 꽤 실감 났다.

"왜 그래? 너 어디 아프냐? 머리가 잘못돼서 이상한 소리 내는 건가?"

그래도 마지막까지 성실하게 통화 신호가 불안정한 척하며 어찌저찌 전화를 끊었다. 끊기 직전 피 PD는 제정신으로 돌아오면 연락 달라고 했다. 나는 조금 울적해진 채로 피 PD가 꺼낸 얘기를 곱씹었다.

「맨투맨」을 각색 중이라고 했다. 그런데 각색을 맡은 작가가 글을 쓰다가 어딘가에서 막혀 있는 모양이었고, 그래서인지 오리지널 각본을 쓴 나를 만나고 싶어 한다는 것이었다.

「맨투맨」이라니.

나는 초등학생 시절 저지른 뒤 마음 한구석에 담아 둔 채

잊고 있던 악행에 관해 누군가에게 고발당한 것처럼 가슴이 내려앉았다. 뭐랄까, '나는 네가 지난여름에 한 일을 알고 있다'같이. 혹은 한국 형사 영화에 많이 나오는, 탐문 수사를 위해 자신을 방문한 형사를 향해 '아 씨, 마음잡고 잘 살고 있는 사람한테 왜 그래요!'라고 투덜대는 전과자같이 마음이 좀 그랬는데,

확 쏴 버리고 싶었다.

'총이 등장한다면, 그 총은 언젠가는 반드시 발사되어야 한다.'

이야기의 전문가이신 분이 그랬더란다. 이야기의 법칙이라고 한다. 하지만 이야기는 몰라도 인생에 있어서만큼은 역시 전문가인 우리는 안다.

총이 등장해도, 그 총은 끝끝내 발사되지 않는다.

그것이 인생의 법칙이다. 그것이 인생의 묘미다.

피 PD 때문에 어정쩡하게 술이 깬 나는 불쾌해져 한숨 자기로 했다. 집이 좁아서 좋은 점은 책상에서 침대까지 바로 점프할 수 있다는 거다. 퐁, 침대에 착지한 나는 이불을 덮고 아무 생각 없이 가만히 누워 있었다.

"너는 아무 생각 없는 게 아니다."
프랑켄이 말했다.
"너는 생각을 하고 있다."
프랑켄이 침대로 슬슬 기어 오며 말했다.
"너는 초롱이 생각을 하고 있다. 꿈에 나올지도 모른다고."
프랑켄이 침대에 누우며 말했다.
"너는 초롱이가 꿈에 나올지도 모른다고 생각하는 것 때문에 정말로 꿈에 나올지도 모른다고 생각하고 있다."
프랑켄이 귓가에 대고 말했다.
"너는 이런 생각을 하고 있다고, 생각, 하고 있다."
프랑켄은 끈질겼다. 나는 눈을 감은 채 속으로 중얼거렸다.
저 씨발놈.
그리고 초롱이가 꿈에 나왔다.

1-2

뜨거운 용암이 들끓는 화산 분화구 위,
그곳에 아슬아슬하게 걸쳐진 다리 하나.
영호가 그 다리에 서 있다.

영호　(식겁) 내가 여기 왜 서 있는 거야!

그때, 퓽! 영호의 시야 앞으로 등장하는 거구의 인간.
바로 초롱이다.

초롱　퓽!

다리 위에서 마주한 두 사람.

영호　표, 퓽이라고……?
초롱　…….
영호　…….
초롱　…….
영호　…….
초롱　쩜쩜쩜 좀 그만하지?
영호　자, 잘 지냈니?
초롱　잘 지내는 것처럼 보여?

대꾸하지 못하는 영호. 더는 '……'도 못 한다.
피식 웃는 초롱.

초롱　내가 보이기나 해?

초롱이 한 걸음 앞으로 내디딘다.
다가오는 초롱. 그 때문에 다리가 흔들리고, 영호는 겁에 질린다.

초롱　묻잖아, 넌 내가 진짜 보여? (계속 다가오는 동작을 하며)
그래, 나는 '계속 다가오는 동작을 하며' 묻고 있어.
어때? 내 모습이 어떤지, 어떻게 생겼는지, 진짜 눈에 보여?

뒷걸음질 치는 영호.
영호는 알 수 없다, 자기가 왜 이런 형식의 이상한 꿈을 꾸고 있는지.
하지만 아무리 꿈이라고 해도 무서운 건 무섭다.

영호　으으으, 으악!

화산 분화구에 울려 퍼지는 영호의 비명.
화면은 어두운 밤하늘로 향하고……
그러나 이야기는 계속 이어진다.

1-3

으악! 끔찍한 꿈이었다. 그리고 내가 무얼 해야 하는지 명확히 알려 준 꿈이기도 했다.

"아니. 꿈 때문이 아니라 넌 이미 진즉에 알고 있었어."

프랑켄이 또 시비를 걸었다. 싸가지 없는 그에게 반격하지 못하는 내가 서글펐다.

어떤 싸움은 이기는 사람 없이 지는 사람만 있다. 싸움에서 이기는 건 오로지, 싸움뿐이다. 싸움 혼자 이긴다. 나머지는 모두 지고 만다.

따라서 내가 지는 건 사실 나 때문이 아닐 수도 있는 것이다. 나라서 지는 게 아니다. 그런데 나는 왜 굳이 어차피 지게 될 싸움을 하는 걸까.

몸을 일으켜 핸드폰을 켰다. 피 PD에게 그분 만나 보겠다고 문자를 보냈다. 정말 솔직하고 담백한 마음으로 말이다. 그리고 살짝 망설이다가 핸드폰을 쥔 손가락에 힘을 꾹꾹 주고는, 아까는 정말 밖이었다는 말도 덧붙였다.

쉬이이익, 쉬익.

② 초롱이에게 새로운 기회가 찾아온다

2-1

'맨투맨'은 3년 전 내가 썼던 장편 상업영화 시나리오의 제목이다. Man to Man, 흔히 말하는 '느낌적인 느낌으로' 지었는데 정확히 무슨 뜻인지 문법상 적절한지 따위는 나조차 알지 못했다. 하지만 몰라도, 그냥 썼다.

당시 내가 하는 일이란 게 대개 그랬다. 나는 내가 뭔가를 알지 못한다는 것을 의식하면 아무것도 할 수 없을 것 같았다. 그래서 알지 못한다는 것을 알지 못하는 척했다. 모르는 척했다. 그런데 반면에 나는 또한 내가 아는 것도 알지 못하는 척했다. 모르는 척했다. 뭐지. 나는 무슨 말을 하고 싶은 걸까. 어쩌면 그 둘은 구분하지 않는 것인지도 모른다.

「맨투맨」의 주인공인 송초롱은 열아홉 살의 여자 고등학생이었다. 이름과는 어울리지 않게 거구인 초롱이는 선천적으로 일반 성인 남자보다도 훨씬 뛰어난 육체를 가지고 있다. 일단 키와 골격이 남다를뿐더러 근력과 근육도 타고난 것이다. 그런데 남들과는 다른 이런 모습 때문에 초롱이는 어디서든 겉돈다. 사이즈가 맞는 여학생 교복이 없어 남학생 체육복을, 그것도 꽉 끼게 입고 다니는 초롱이는 최대한 남들 눈에 띄지 않으려는 듯, 물론 그럴 수 없어 어딜 가든 시선 집중이지만, 언제나 어깨를 좁힌 채 주눅 들어 있다.

그런데 그런 초롱이의 인생이 바뀌기 시작한다. 바로 종합격투기, 즉 오늘날 UFC로 잘 알려진 MMA(Mixed Martial Arts)라는 스포츠에 우연히 발을 들여놓으며 결핍이라고 생각했던 것들이 초롱이만의 찬란한 무기가 된 것이다. 초롱이는 이기고, 아웃사이더는 일약 스타가 된다. 그렇다. 도전, 투쟁, 인간 승리, 아, 감동적이고 가슴 찡한 스포츠 드라마!

3년 전 「맨투맨」은 영화진흥위원회에서 지원하는 한 기획개발 프로젝트에 선정되어 기획비를 받기도 했다. 당시 영화진흥위원회에서는 창작자가 여성이거나 혹은 창작물에 여성이 주요 인물로 등장하면 가산점을 주는 제도를 막 시행했다. 여기저기서 잡음이 많은 제도였지만, 어쨌든 「맨투맨」의 경우는 가산점 대상이었다. 피 PD는 결과가 나오자 좋아하며 말했다.

"이야 영호! 이거 진짜 일부러 노린 거 같아, 완전!"

물론 노린 것이었다.

그리고 한 방 더 있었다. 작품의 중반부, 승승장구하던 초롱이에게 문제가 제기된다. 바로 호르몬 검사 결과 초롱이에게 남성 호르몬인 테스토스테론이 여성들의 평균치보다 비정상적으로 많다는 게 밝혀진 것이다. 마치 스테로이드 같은 불법 약물을 인위적으로 투약한 것처럼 말이다. 물론 초롱이의 경우는 선천적이고 자연적으로 분비되는 것이지만, 아무튼 그 수치만 보면 남성 중에서도 남성적인 남성이다. 이는 남아공의 여자 육상 선수 캐스터 세메냐의 사례를 참고한 것이었다.

자연스레 초롱이를 두고 형평성 논란이 생긴다. 초롱이가 여성 선수와 경쟁하는 것, 즉 남성의 호르몬으로 여성과 싸우는 것이 정당한지. 이 논란은 결국 매우 의미심장한 질문으로 이어진다. 초롱이는 여자인가 남자인가. 또는 애초에 그런 판단을 하는 것이 과연 옳은가.

"좋아, 좋아. 요즘 딱 해야 할 얘기야. 페미니즘도 그렇고,

시대도 그렇고, 여성 인물도 그렇고, 요즘 젊은 애들도 그렇고, 딱 그런, 그렇잖아? 아주 시의적절한, 그런 거잖아?"

피 PD는 '그렇다'는 게 대체 뭔지는 제대로 말하지 못했다. 물론 그건 나도 마찬가지였다. 그러나 그게 무슨 상관인가. 하나만은 확실했다.

"이거 통한다."

하지만 팔리기 위해 쓰인 모든 영화 시나리오가 그렇듯 「맨투맨」의 운명도 순탄치 않았다. 투자사들을 도는 동안 몇 번의 수정을 거듭하면서도 고전을 면치 못했던 것이다.

원래 처음 쓴 「맨투맨」 속 초롱이는 미군 아버지와 한국인 어머니 사이에 태어난 흑인 혼혈이었다. 그러나 어디서 그런 배우를 구하겠냐는, 그리고 설령 구한다고 해도 무명에 가까울 그런 배우를 주인공으로 내세우면 어떻게 투자를 받으며 어떤 관객이 보러 오겠느냐는, 뭐 그런 지극히 당연한 문제의식으로 인해 결국 초롱이를 (토종) 한국인으로 바꿔야만 했다.

비슷한 맥락에서, 초롱이 옆에 빠방한 남자 캐릭터를 붙여 일명 '남녀 투톱'으로 가야 한다는 의견이 있었다. 그렇지 않고 여자 배우 한 명만 있으면 역시나 투자받기 힘들다는 이유에서였다. 영화진흥위원회에선 가산점이었던 게 현실에선 마이너스 점수였다. 이외에도 승부 조작을 하는 악당의 역할이 필요하다든지, 초롱이 곁에는 예측 불허의 발랄하고 예쁜 여자 캐릭터가 있어야 한다든지, 심지어는 동성애 코드를 넣어야 한다든지, 뭐 여러 가지 피드백들로 인해 「맨투맨」도 초롱이도 점점 바뀌어 갔다. 나는 갈수록 뭐가 어떻게 되고 있는지 헷갈리기 시작했다.

너덜너덜해졌다.

당시의 나는 내가 쓴 시나리오가, 정확히 말하면 초롱이라는 캐릭터가 너덜너덜해지고 있다고 생각했다. 초롱이의 이목구비를 성형수술하듯 바꾸고 팔다리를 잘라 다른 걸로 교체하는 느낌이었다. 내 이야기의 주인공이 의미 없이 소모되는 기분이었다. 결국 그만 질려 버려 손을 놔버렸다. 때려치웠다. 피 PD가 알아서 계발하게끔 내버려 두고, 나는 더는 그쪽 판에 끼지 않으려 했다.

한데 지금, 문득 그게 아니었던 것처럼 느껴진다.

돌아보니 너덜너덜해진 건 초롱이가 아니라 나였던 것 같다. 내가 너덜너덜해진 거였고, 내가 힘든 것이었다. 초롱이는 너덜너덜해질 수 없었다. 왜냐하면 초롱이는 애초에 너덜너덜해질 얼굴이나 몸 자체가 없기 때문이다.

나는 뒤늦게 깨달았다. 난 단 한 번도 초롱이가 어떤 모습의 인간일지 떠올려 본 적이 없다고. 머릿속으로 그려 본 적이 없다고.

나는 단지, 초롱이는 이렇다, 라고 썼을 뿐이었다.

나는 초롱이를 알지 못했다. 아니, 알지 못한다는 것을 모르는 척했다. 아는 것을 모르는 척했다. 그게 나의 문제였다. 그처럼 초롱이가 욕먹는 건 괜찮지만 내가 욕먹는 건 참지 못했던 나에게, 나 스스로가 너덜너덜해지는 것을 견디지 못했던 나에게, 꿈에서 초롱이가 던졌던 질문이 공허하게 들려왔다.

넌 내가 진짜 보여?

2-2

상상해 보았다, 그가 어떤 사람일지를.

그 사람, 초롱이가 아니라 나 대신 초롱이를 만들 바로 그 사람을 말이다.

피 PD로부터 「맨투맨」을 각색하고 있다는 작가의 연락처를 받았다. 김혜진이라는 이름의 작가였다. 인터넷에 한번 검색해 보았다. 너무 흔한 이름이라 동명이인이 많았지만 피 PD에게 들은 정보들을 조합해 간신히 한 사람을 특정 지을 수 있었다.

예술대학을 졸업한 이력과 함께 십수 년 전에 연출한 한 단편 독립영화의 수상 내역들이 보였다. 사춘기에 접어든 두 여학생의 여름방학 이야기라고 하는데, 그 짧은 한두 문장의 줄거리만 보고도 왜 독립영화제에서 상을 받았을지 짐작하고 있는 스스로가 우습고, 서글펐다.

졸업 연도를 확인하니 나이는 마흔에 가까운 듯했다. 나보다 대여섯 살 위였다. 경력으로는 상을 받은 그 단편영화를 찍은 게 마지막이고 이후 이력은 공백이었는데, 아무래도 그 10여 년 동안 계속 시나리오를 쓴 듯했다. 다만 그저 썼다는 것일 뿐 그게 제작되거나 어떤 커리어로 남은 건 아니었다. 아무리 무언가를 써도 그게 읽히지 않는다면, 상품으로 만들어지지 않는다면, 그건 쓰이지 않은 것이나 다름없는 게 이곳의 현실이었다. 그리고 그 과정에서 스스로의 젊음과 청춘을 갉아먹을 뿐인, 예술가도 예술 산업 종사자도 그 무엇도 되지 못한 채 사그라드는 그런 이들, 알 만하다고 생각했는데, 그 세월을 멋대로 짐작하고 있는 내가 스스로 우습고, 또 서글펐다.

그러나 뭐니 뭐니 해도 세상에서 가장 우습고 서글픈 일은, 우습고 서글픈 짐작이 현실과 딱 맞아떨어지는 것이다. 노랫말도 있지 않은가. 왜 슬픈 예감은…… 틀린 적이 없나…….

아니야, 아닐 거야.

나는 그가 어떤 사람일지를 상상했다. 사실 그건 상상이라기보다는 나의 바람에 가까웠다.

음, 이를테면,

이를테면 타투가 있으면 좋겠다. 되도록 잘 보이는 곳에.

머리 스타일은, 힘없이 축 늘어진 긴 생머리면 너무 슬플 거 같다. 흠, 모히칸이면 어떨까, 한쪽을 바짝 민.

귀고리나 장신구도 물론 치렁치렁 많이 해야 하고.

그래, 눈썹 위에 피어싱 두 개쯤은 박는 거다. 욕도 시원스레 잘하고.

담배도 피울 것이다. 대마도 괜찮다. 좋아하는 음악은 유럽, 북유럽의 록 음악 같은 거. 물론 나는 북유럽의 록 음악 같은 건 들어 본 적 없지만.

그리고, 레즈다. 레즈가 아니라면 최소한 레즈 같다. 그것도 아니라면 레즈에게 인기가 많다. 물론 나는 레즈도 레즈 같은 여자도 레즈에게 인기 많은 여자도 잘 알지 못하지만.

어쨌든 왠지 그랬으면 좋을 듯했다. 왠지 그런 인간이면,

나와는 말 한마디도 통하지 않으며 내가 혼자 긴장해 더듬더듬 횡설수설할지언정, 적어도 더는 「맨투맨」이든 초롱이든 신경 쓰지 않게 될 것 같았다. 편하게 모든 걸 떠안길 수 있으리라.

나는 마치 아버지 없는 소년이 위대한 아버지를 욕망하듯 김혜진 작가의 모습을 상상했다.

약속 장소인 카페에 들어서서 주위를 둘러보았을 때, 나는 내 은밀한 바람이 무참히 깨졌음을 직감할 수 있었다. 그러나 그보다 더 우습고 서글펐던 것은, 나의 기대와는 전혀 다른 모습의 김혜진 작가를 나는 어째서인지 처음부터 한눈에 알아볼 수 있었다는 점이다. 그건 어쩌면 자신과 같은 동족을 한눈에 알아보는 것과 비슷한 일일지도 몰랐다.

2-3

"이영호예요, 하하."

"안녕하세요, 저는 김혜진……."

……영호와 혜진의 침묵. 우리 얼굴에 진 그림자처럼 이 대화도 금세 우중충해질 듯했다.

"아, 네. 김혜진 작가님. 저는 있잖아요. 제 이름이 별로예요. 영호. 저도 나이가 서른이 넘었는데 너무 애 이름 같고. 또 너무 흔하잖아요."

"제 이름도 흔해요. 혜진."

우리는 외모도 이름처럼 흔하디흔했다. 보통 사람들은 모르는 사실 하나가, 예술가도 예술 산업 종사자도 아직 못 된 부류의 인간들은 도리어 일반인들보다도 평범하며, 그 평범함이 도를 지나쳐 은닉술이라도 시전한 것처럼 같은 공간에 있어도 그 존재를 눈치채지 못한다는 것이다. 생기 없고, 밋밋하며, 나아가 과하리만치 흐릿해서 기어이 보이지 않을 정도의 인간들.

그때 테이블만 보던 혜진 작가가 조용히 중얼거렸다.

"그래서…… 닉네임이랄까, 그런 걸로 스스로를 부르곤 했어요."

"닉네임이요?"

"네. 선셋이라고."

"선셋이요?"

"네. 에스, 유, 엔, 에스, 이, 티."

"아. 선셋. 잉글리시! 근데 왜 하필 선셋이에요?"

"제 이름이 혜진이잖아요."

"아……?"

"혜진. '혜'의 모음을 아, 이로 바꾸면 하늘에 떠 있는 '해'. 그러면 '해진'. 띄어 쓰면 '해 진'. 그래서 해가 진 거다, 해서 선셋……."

"앗……."

이런. 이제 앞날에 해가 뜰 거라고 자기 세뇌해도 모자랄 판국에, 불길하게 뭐라고? 하지만 나는 표정 변화 없이 대꾸했다.

"뜻이 좋네요. ……선셋 작가님."

2-4

나는 하루 전 옥빛 누나와 만났던 일을 떠올렸다. 인터넷에서 찾은 정보에 따르면 김혜진 작가는 옥빛 누나와 같은 예술대학을 나왔으며 나이도 얼추 비슷했기에 혹시 서로 알고 있는지 묻기 위해 미리 연락했던 것이었다.

"누구? 몰라. 글쎄. 아예 모르거나 아님 까먹었거나 뭐. 몰라."

내가 김혜진이라고 아냐고 묻자 옥빛 누나는 그렇게 일축했다. 옥빛 누나와는 꽤 오랜만에 보는 것이었다. 하지만 동그란 얼굴에 당장이라도 툭 튀어나올 것 같은 큰 눈, 그리고 거침없이 솔직한 말투는 여전했다.

"용호 넌 좀 늙은 거 같다?"

"내 이름은 용호가 아니라 영호야, 누나."

"그래. 근데 내가 너보다 누나였니? 오, 이런, 맙소사!"

한참 나를 희롱하는 누나였다.

우리는 정부에서 주관하는 어느 콘텐츠 지원 사업의 지원자로 만난 사이였는데, 그것도 벌써 몇 년 전이라 무슨 사업이었는지 정확히 기억나지 않았다. 아무튼 예산을 어느 분야에 배정만 하면 그 분야가 자동적으로다가 발전한다고 여기는 우리나라답게 별다른 콘텐츠 없는 콘텐츠 사업이었다. 그리고 그로부터 몇 년 뒤, 나는 누구나 할 수 있는 아르바이트로 먹고사는 콘텐츠 없는 인간이 된 반면, 옥빛 누나는 (자신의 말에 따르면) 콘텐츠를 살려 예술 산업 종사자로 당당히 거듭났다.

"이게 예술 산업이 아니면 뭐니?"

옥빛 누나는 자신이 소유한 스티커 사진 매장들을 소개하며 말했다. 나는 누나가 특히 고심하며 만들었다는, 17종 컬렉션의 똥 모양 인형 탈을 하나씩 억지로 써 보면서 울상을 지은 채 누나와 사진을 찍었다. 누나가 직접 만든 브랜드의 매장이 잠실 석촌호수를 중심으로 총 네 개나 되었다.

"브랜드 이름이…… 누나 이름을 딴 건가?"

"응. 괜찮지?"

"누나, 근데 이거 욕 아니야? bitch?"

"닥쳐, bitch!"

어쨌든 예전보다는 훨씬 후련하고 행복해 보이는 표정의 누나였다. 누나는 나 때문에 대학 시절이 떠오른 듯 과거를 회상하며 눈을 가늘게 뜨고는 말했다.

"진짜 옛날 생각난다. 보통 예대를 자유롭고 열린 곳이라 생각하는데, 그건 큰 오산이지. 거대한 마피아 게임판, 욕망이 들끓는 용광로, 뭐 그렇게 생각하면 돼. 물론 모든 예대가 그런 건 아닐지도 모르지만 적어도 내가 다닌 학교는 그랬거든. 그리고 학생들은 크게 두 종류로 나뉘어. 첫 번째, 탈수기 같은 애들. 두 번째, 그 탈수기 같은 애들에게 대응해야 하는 애들."

"탈수기?"

"그래. 뭐랄까, 지옥에서 온 탈수기랄까. 말 그대로 주위에 있는 사람들을 탈수기처럼 물기 하나 없이 꽉 짜는 애들이야. 지치게 하는 거지. 잘못 걸리면 완전 미라가 돼. 왜, 다른 집단에도 그런 종류의 애들이 있잖아? 자기를 마치 불행이 가득 담긴 커다란 양동이처럼 생각하고, 그걸 다른 사람에게도 어필하는 애들. 다른 사람들한테까지 자신의 불행과 우울을 전염시키고 결국에는 늪처럼 끌어들이는 애들."

옥빛 누나는 지옥에서 올라온 괴물이라도 되는 양 으르렁

거리면서 하늘을 향해 팔을 뻗은 채 말을 이었다.

"근데 예술학교에는 그런 성향이 더 심하게 나타난단 말이야? 빠져 있는 우울의 깊이도 깊고, 걔네 자체도 더 지독해. 지옥이란 표현이 과장이 아닌 게, 정말 잘못 걸리면 몇 개월, 더 심하면 대학 생활 내내, 심지어는 아예 인생 자체를 망치게 되는 거지. 어우, 말 한번 잘못 섞으면 아주 사람을 탈탈탈……. 솔직히 말하면 예대 나와서 사회 부적응자 되는 거, 그런 애들의 영향도 크다고 봐."

"탈수기들 때문에?"

"응. 내가 말했지, 학생들은 크게 두 종류로 나뉜다고? 탈수기 같은 애들과 탈수기 같은 애들에게 대응해야 하는 애들. 똑 부러지고 똘똘해야만 탈수기들한테 안 휩쓸려. 그런데 그렇지 못하면 정신적으로 내상을 입는 거지. 대인기피증에 걸리거나 아예 인간이란 존재를 혐오하게 되거나. 심지어 괜히 이상한 영향을 받아서 그 전공을 계속하기도 하고."

"어? 계속하는 건, 좋은 거 아닌가?"

"야, 심각한 거지, 그거."

옥빛 누나는 답답한 듯 미간을 찌푸렸다.

"심각한 거야, 예술대학까지 졸업한 주제에 그래도 정신 못 차리고 계속 예술 하겠다고 하는 거. 그게 다 탈수기들 늪에 빠진 거지."

나는 괜히 혼나는 기분이었다.

"용호. 넌 정말 그만둔 거지? 혹시 아직도 각본 같은 거 쓰고 그래?"

"오, 이런, 맙소사! 누나 무슨 소리야. 이제 난 그런 거 안 하지."

"다행이군."

누나는 덫에서 무사히 풀려난 작은 짐승을 보듯 큰 안도의 한숨을 쉬었다.

"근데 너 정말 그거 물어보려고 나한테 오랜만에 연락한 거야?"

누나는 턱 나에게 어깨동무했다.

"그거야, 그냥 뭐……."

난 갑자기 얼굴이 후끈거렸다. 똥 모양 탈 때문이었나.

2-5

선셋 작가님도 혹시 과거에 탈수기들한테 당하신 건가요? 그래서 그 후유증으로 이 일을 계속하시는 건가요?

이런 질문을 할 수는 없었다. 다만 그가, 내 맞은편에서 다이어리를 펴 놓고 메모까지 하면서 「맨투맨」에 대한 내 헛소리를 듣고 있는 그가 어딘가 잘못되었단 것은 똑똑히 알 수 있었다. 그 특유의 차분하고 온화한 표정만 봐도 그랬다. 차분하고 온화하다는 것 자체가 나쁘다는 건 아니다. 하지만 문제는 그의 표정에 깃든 것이, 예컨대 인생을 종교에 바치기로 결심하고 모든 욕망을 버린 채 성경을 옆구리에 끼고 다니는 젊은이나, 점심을 먹은 뒤 연구실 앞 캠퍼스를 천천히 거니는 대학원생(그 둘은 동류다.)이나 지을 법한, 그런 차분함과 온화함이었던 것이다.

한마디로 광기 어린 차분함이요 온화함이었다.

10년 조금 넘게 각본을 썼다던 선셋 작가는 이번 「맨투맨」 각색을 마지막이라 생각하고 있다며, 이번에도 잘 안 되면 정말 이 일을 그만둘 거라고 말했다. 깔끔하게 여기까지만 할 거라고.

하지만 나는 알 수 있었다. 그는 그만두지 않을 것이다. 계속 이어 갈 것이다. 그는 덫에 걸린 지 너무 오래되어 더 이상 아프지도 않을 것이다. 덫인 줄도 모르고 꿋꿋이 살아갈 것이다. 이건 희망 같은 것 때문이 아니다. 희망을 동력으로 해서 도전하고 앞으로 나아가는 식의 그런 행위들과는 다르다.

말하자면, 관성이다.

그냥, 계속, 그렇게 되어 버리고 마는 것.

그렇다. 그는 그만두지 않을 것이다. 그만두지 못할 것이다. 계속해서 되지도 않는 글들을 쓸 것이다. 예술가도, 예술 산업종사자도 아닌 채. 그렇게 그는 오래된 고무줄처럼 자신의 존재가 가늘고 얇아지는데도 스스로를 늘리고 늘림으로써 그런 생활을 연명해 갈 것이다. 그리고 결국엔…… 희미해질 것이다…….

대화를 나누다가 잠시 화장실 간 그를 기다리고 있자니 나는 내가 뭐 하고 있나 싶었다. 테이블 위에는 그의 다이어리가 펼쳐져 있었다. 그리고 나도 모르게 그 빽빽하게 적힌 내용에 눈이 갔다.

창밖에 해는 이미 져 있었다.

선, 셋.

2-6

카페에서 빠져나와 집으로 돌아왔을 땐 초저녁이었고 나는 아니나 다를까 술을 마시기 시작했다.

"너는 읽는다."

프랑켄이 말했다. 정신을 차려 보니 나는 선셋 작가가 1차로 수정한 「맨투맨」 각색고를 읽고 있었다. 피 PD가 진작에 참고하라고 보내 준 것이었지만 선셋 작가를 만나기 전까지는 아예 보지도 않았던 것을, 지금 와서 읽고 있는 것이다.

"그래. 나는 읽는다."

나는 대답했다. 생경한 기분이었다. 각본이라는 형태의 글 자체가, 아니 애초에 이야기를 담은 글을 읽는다는 그 행위부터가 너무나 오랜만이었기 때문이다. 한때 내가 이런 글을 읽고 쓰던 시절도 기억났다. 그 시절의 나는 매번 한결같은 지적을 받았더랬다.

'주인공의 욕망이 보이지 않는다.', '주인공이 뭘 하고 싶은지 모르겠다.' 하지만 나로선 난감한 지적이었다. 그 이유는 이랬다.

첫째, 욕망이 없고 하고 싶은 게 없는 인간이란 이 세상에 존재하지 않는다.

둘째, 내 이야기 속의 주인공은 사실은 나를 그린 것이다.

셋째, 나는 인간이다.

완벽한 삼단논법! 이에 따르면 나의 주인공은 욕망이 있어야 한다. 하고 싶은 게 있어야 한다.

그래, 그랬더랬다. 물론 다 옛날이야기다. 모두 「맨투맨」을 쓰기 전에 겪었던 일이다.

선셋 작가의 「맨투맨」 각색고를 모두 읽은 나는 소주 몇 잔을 연거푸 마시며 착잡한 마음을 가라앉혀야 했다. 한숨이 나왔다. 못 써서가 아니었다. 잘 쓰고 못 쓰고의 문제가 아니었다. 살다 보면 예컨대 이런 사람들을 종종 보기 마련이었다.

이러면 안 되는데 이렇게 된 사람.

한국에 태어나면 안 되는데 한국에 태어난 사람.

공부를 하면 안 되는데 공부를 하겠다고 하는 사람.

군대에 오면 안 되는데 기어이 군대에 온 사람.

상업영화 시나리오를 쓰면 안 되는데 상업영화 시나리오 쓰겠다고 앉아 있는 사람.

조금 전 카페에서 나는 선셋 작가에게 말해 줬다. 「맨투맨」이 담고 있는 문제의식은 무엇이며 초롱이의 투쟁이 오늘날 갖는 의미는 무엇인지. 당연히도 순 개소리들이었다. 내가 그런 걸 생각하고 썼을 리 없었다. 그런데 잠시 선셋 작가가 화장실에 간 사이, 나는 그의 다이어리에 빽빽하게 적힌 글들을 우연히 보게 되었다. 솔직히 말하면 우연히는 아니고, 살짝 훔쳐본 것이기는 했다. 그 안엔 이런 물음들이 빽빽했다.

— 초롱이의 욕망은 무엇일까?

— 초롱이는 무얼 하고 싶을까?

— 초롱이는 이 이야기를 통해 무얼 얻고, 어떻게 변할까?

— 초롱이는 처음부터 정말 격투기를 하고 싶어 했을까?

— 그런데, 초롱이는 왜 격투기를 좋아하지?

— 초롱이는 정말 싸우는 게 좋을까?

그리고 그런 물음들 사이, 종이 한 귀퉁이에 아주 작고 흐릿하게 이런 문장이 적혀 있었다.

— 나는 아무에게도 읽히지 않는다.

그 문장이 잊히지 않고 명멸했다. 나는 소주를 다시 연달아 마셨다.

속으로 되뇌었다. 이건 내가 나설 게 아니다, 이건 당사자들끼리 해결할 문제다.

며칠 전이었다. 2주 만에 외출한 나는 지하철을 타다가 우연히 한 광경을 목격했다. 지하철 문이 열리고, 나와 함께 승차하던 한 할아버지가 좌석 끝에 있는 임산부 배려석에 앉으려고 했다. 그때, 역시나 우리와 함께 승차했던 한(나보다 젊고 매우 씩씩한) 남자가 할아버지를 가로막았다. 그러더니 여기는 임산부석이라고 딱딱하게 말하며, 그 좌석을 수호하듯 앞에 버티고 선 것이다. 중요한 건 그 남자가 그러면서 자기가 들고 있던 짐을 턱 하니 그 임산부석에 올려놓았다는 것이다. '여긴 함부로 앉지 못해', 뭐 그런 뜻으로 그랬던 걸까. 원래부터 거동이 온전치 않아 보였던 할아버지는 젊은이의 행동에 기가 죽었는지 주춤주춤 구석으로 갔다.

물론 원칙적으로 할아버지가 임산부 배려석에 앉으면 안 되겠지. 그렇지만 젊은 남자가 그렇게 할아버지를 막은 것에, 또 가는 길 내내 자신의 짐을 그 좌석에 턱 하니 놔둔 채 마치 정의로운 일을 했다는 듯 위풍당당하게 선 그 모습에 어쩐지 위화감이 들었다. 나는 할아버지뿐 아니라 그 젊은 남자 역시 어떤 의미에선 당사자가 아니라고 느꼈다. 제삼자라고 느꼈다. 물론 젊은 남자가 할아버지에게 한 짓이 잘못되었다고 하긴 어렵고, 본인의 말마따나 그도 자리에 앉지는 않았다. 다만 나는 아주 짧은 시간이지만, 그럼 거기에 당신 짐은 왜 올려 두냐고, 당신의 짐이 아기라도 품고 있느냐고 묻는 나를 상상했다. 그러고는 그 상상마저 곧 접었는데, 남자가 무서웠기 때문은 아니고(무섭긴 했다.) 그것마저도 위화감이 들었기 때문이다.

할아버지, 젊은 남자, 그리고 그들을 지켜보고 있던 나. 당사자가 아닌 그들의 일에 잠시나마 끼어들려고 했던, 그렇지만 곧 그러면 안 될 것 같은 느낌을 받은 제삼자인 나. 그때의 기분. 선셋 작가의 「맨투맨」을 읽고 나는 그때의 기분을 떠올렸다. 그리고 이렇게 말하고 싶었다.

조용히 당사자들끼리 잘 합의하세요.

하지만 어째서일까. 소주를 너무 빨리 마셔서 평소보다 더 취했나. 아님 귓가에서 프랑켄이 자꾸 떠들어 대서 이성적 사고가 잠시 중단된 것일 수도 있다. 그것도 아니라면, 그 다이어리에 적힌 것들 때문일까. 읽히지 않는다는 그 문장을 내가 읽었기 때문일까.

선셋 작가가 조금 놀란 표정으로 나를 올려다보았다. 아까 헤어질 때 자긴 좀 더 있다 가겠다고 했던 선셋 작가는 여전히 카페의 그 자리에 그대로 있었다. 나는 숨을 몰아쉬며 잠시 말을 골랐다. 취기에 얼굴이 후끈거렸고 집에서부터 카페까지 막무가내로 달려오느라 땀도 솟았다.

"이거 써서, 「맨투맨」 써서 뭘 하실 건데요?"

간신히 내뱉은 나의 말은 의도와는 다르게 공격적으로 튀어나왔다. 선셋 작가는 말없이 나를 올려다보았다. 안 되는데. 이러면 안 되는데. 무릇 인생에서는 설령 총이 등장한다고 해도 끝끝내 발사되지 않는 법인데. 그래서 완결되지 않는 건데. 그게 인생의 법칙이자 묘미인데. 나는 왜 이러는 걸까.

왜 이러는지 모르는 채로 나는 재차 물었다.

"뭐 한다고 쓰는데요?"

"잘 쓸 거예요."

"잘 써서요?"

"잘 써서…… 잘 써서, 팔아야죠."

"그럼……."

선셋 작가는 입을 앙다물고 있었다. 나는 침을 한번 꿀꺽 삼키고 말을 이었다. 너무 취한 모양이었다.

"그럼 돈 벌고 싶은 거예요?"

"네, 돈 벌어야죠."

"많이?"

"네."

"존나?"

"존나 존나게 벌 거에요."

존나 존나게라니. 문득 안도감이 파도처럼 밀려왔다. 다행이야, 이러면. 괜찮지, 그래.

"그렇군요…… 그러면은……."

나는 눈을 가늘게 뜨며 허공에 시선을 고정했다. 마치 그곳에서 무언가가 보이는듯이. 그 무언가가 어쩌면 바로 욕망이라는 것일지도 몰랐다. 과거 내 이야기 속 인물에게서 보이지 않는다고 했던 그 욕망을, 떳떳한 당사자의 역할을, 드디어 나는 마주한 것일지도 몰랐다.

"그러면 내가 도와줄게요."

그 말을 하고 나니 다리에 힘이 풀렸다. 나는 속절없이 선셋 작가의 건너편 자리에 털썩 앉았다. 물론 내가 앉아도 되는 자리인지는 묻지 않았다.

2-7

옥빛 누나에게 전화가 온 건 선셋 작가와 다음에 만날 약속을 잡고 다시 집에 막 도착했을 때였다.

"어, 누나! bitch!"

전화를 받은 나는 기분이 좋아 괜히 오버했다.

"야! 나 기억났어! 김혜진이 누구인지!"

"응?"

"학교에선 선셋이라는 별명으로 통했거든, 그래서 김혜진이라고 하니 내가 기억 못 했나 보다!"

"어? 맞아. 누나 그 작가님 아는 거야?"

"알다마다! 얼마나 유명했는데! 걔가 바로 그거야! 그것도 완전 대표 선수 격이라고!"

"무슨 말이야? 그거라니?"

"탈수기! 내가 말했잖아! 주위 사람들을 탈수기처럼 탈탈 털어 버리는 애들! 자신의 불행과 우울을 전염시키고, 결국에는 늪처럼 끌어들이는 애들! 선, 셋! 태양을 떨구고 인생에 어둠을 선사한다고!"

핸드폰 너머로 절대로 그 사람과 가까이하지 말라는 옥빛 누나의 목소리가 이어졌다. 갑자기 주위가 캄캄해지는 것 같았다. 그것은 참, 우습고 서글펐다.

③ 초롱이는 존나 존나게 노력한다

3-1

격투기 체육관 안. 땀내가 물씬 나는 분위기.

초롱, 열심히 노력한다. 갖은 격투기 훈련에 매진 중이다.

초롱 뭐? '갖은 격투기 훈련'? 그게 뭔데. 뭔 훈련인 줄 알아야 하든 말든 하지.
도대체 뭘 어떻게 열심히 노력해? 누가 시범을 좀 보여주든가. 씨불.

그때 카메라 밖에서 지켜보던 영호, 화면 안으로 쓱 들어

선다.

영호 프로답게 하자.

초롱 프로다운 게 뭔데?

영호 리얼하고, 핍진하게.

초롱 리얼, 핍진? 아니, 애초에 나 같은 인간이 이 세상에 어딨어? 작위의 끝판왕이지.

영호 (뜨끔)

초롱 씨불이라고 욕하는 여고생 봤어? 실제로 이렇게 말하고 행동하는 여고생 봤냐고?

영호 너, 너 그건 편견이야! 여고생이 말하고 행동하는 방식이 어디 딱 정해져 있니?

네 언행은 지금 세상의 모든 여고생 분들을 너의 협소하고 폭력적인 틀 안에 가두려는 것이나 마찬가지야! 씨불할 수도 있지!

(카메라를 가리키며) 여고생을 규정하지 마!

초롱 그래?

초롱, 영호 앞에 서서 자세를 잡는다.

초롱 그래! 이게 바로 여고생이다, 이 못생긴 친구야!

퍽! 영호의 턱주가리에 주먹을 날리는 초롱.

억! 영호가 쓰러지고. 그 위로 들리는 초롱의 목소리.

초롱 왜 하필 '여고생 초롱이'야? 이 이야기의 주인공이, 어째서 나여야 하는 거냐고?
쫄지 마, 안 때릴 테니까…….(근데 때릴 자세를 취하며) 자, 이제 진실을 말해 봐.

3-2

선셋 작가와의 두 번째 만남이자 우리의 첫 미팅에 나는 80페이지가 넘는 제안서를 준비해 갔다. 제안서의 제목은 '「맨투맨」의 투자 및 사업화를 위한 쇄신 전략'이었다. 프레젠테이션도 따로 준비했다. 프레젠테이션의 주제는 좀 더 구체적으로, '여덟 개의 이야기 시퀀스 속 플롯 포인트에 대한 구조주의적인 고찰과 욕 드럽게 많이 처먹으면서도 결국은 잘되는 한국 영화들의 비밀'이었다. 준비하는 데만 꼬박 일주일이 걸렸다. 지난 몇 년간 내가 무언가를 이렇게 열심히 한 적이 있었던가 싶을 정도였다.

분량이 분량인지라 제안서와 프레젠테이션의 내용을 끝까

지 설명하는 데에만 사흘이 소요됐다. 일종의 세미나였던 셈이다. 아메리카노가 한잔에 2800원인 동네 카페에 마주 앉은 채 나는 목청을 높였고 선셋 작가는 멍하니 고개를 끄덕였다. 자식들 유치원 등원시키고 잠시 숨 돌리러 온 어머님들은 곁에서 팔짱을 낀 채 나의 분석에 때로는 동의하고 또 때로는 날카롭게 반문하며 논객 역할을 해 주었다.

"근데, 작가님? 지금…… 뭔가를 먹고 계시는 거예요?"

한창 말을 하고 있는데 선셋 작가가 입을 우물거리는 것 같아 나는 물었다. 선셋 작가는 나쁜 일을 하다 들킨 사람처럼 얼굴이 붉어졌다. 그는 마른 편이었지만 언제나 주전부리를 달고 사는 것 같았는데, 마치 입에 뭔가를 쉼 없이 넣어 주어야 생존할 수 있는 햄스터 같았다.

"아, 네…… 제가 당이 잘 떨어져서."

"뭔데요? 뭐 먹고 계세요? 아, 오해 마셔요. 저도 먹고 싶어서 그런 건 절대 아니고요. 그냥 궁금해서."

"양갱이요."

"하하, 양갱이요? 양갱을 먹어요? 하하, 양갱이라니! 양갱, 양갱! 발음이 웃기네요."

"왜요? 양갱이 어때서요."

선셋 작가의 표정이 조금 시무룩해지는 것 같아 나는 서둘러 말했다.

"죄송해요. 그냥 농담한 거였어요."

"하나 드실래요?"

"그래도 돼요? 이런, 얻어먹으려던 건 아니었는데. 절대 안 먹으려고 했는데. 그냥 한 입 베어 물면 되나요? 아, 음! 어?! 음! 음음! 맛있는데요?"

"그쵸?"

그리고 우리는 두 시간 동안 선셋 작가가 좋아하는 양갱의 종류와 양갱의 역사, 그리고 내가 어렸을 때 양갱을 처음 먹었던 경험 등에 대해 이야기했는데 그처럼 샛길로 빠지는 때가 종종 있긴 했지만 딴짓이라기보단 창작을 위한 일종의 브레인스토밍이라고 해야 할 것이었다.

"사실 저, 되게 오랜만에 사람이랑 말해 봐요."

"저도요."

선셋 작가는 낯을 조금 가리고 얼굴에 항상 그늘이 져 있긴 했으나 옥빛 누나 말처럼 막 위험해 보이거나 하진 않았다. 되레 가끔씩 그 커튼처럼 드리운 길고 힘없는 머리칼 너머로 반짝이는 두 눈을 볼 때면, 이상하게 나는 흐린 밤하늘에서 별을 발견한 기분이었다.

그렇게 사흘 동안 80페이지의 제안서와 프레젠테이션 설명을 모두 끝마쳤다. 이제 끝이었다.

끝,

내고 싶었다. 완결 지으려 했다. 그런데 아니다. 흠, 그러고 보니 뭔가 부족하다.

보통 대부분의 다른 강연만 봐도 강연자의 설명이 있고, 그다음에 Q&A 시간이 있지 않은가. 그래. 이렇게 떠나는 건 너무 무책임한 일일지도 모른다. 왜인지 그런 생각이 들었다.

내 생각에 선셋 작가도 동의했다. 그리하여 추가로 다시 사흘 동안 미팅을 이어 나가기로 했다. 앞선 나의 설명에 대한, 말하자면 보충 설명이었다. 그동안 선셋 작가의 주전부리는 양갱에서 한과, 누네띠네, 인절미, 약과, 맘모스 빵 등 하루하루 다양하게 변했다.

그렇게 사흘이 또 지나갔다.

……이제 진짜 끝이었다. 나의 설명에 대한 보충 설명에 대한 보충 설명이 또 필요하다는 말은, 차마 할 수 없었다. 그렇게 마지막 날에 돌아서려는데 선셋 작가가 나의 등에 대고 물었다.

"내일은 뭐 하세요?"

나는 우두커니 선 채 돌아보지 않았다. 돌아볼 수 없었다. 돌아볼 수 없이, 다음 말만 기다렸다.

"저는 이제 내일부터 이 카페에서 본격적으로 「맨투맨」

을 수정할 건데, 혹시 오실래요? 커피도 제가 사 드릴 테니까…… 잠깐잠깐 「맨투맨」 얘기도 좀 하고…… 주전부리도 먹고…… 또 브레인스토밍도 하면서……, 같이 시나리오 완성해도 좋을 거 같아서요."

선셋 작가의 목소리는 떨렸지만 말하는 그 문장은 가지런했다. 그것을 통해 나는 그가 그 문장을 말하기 위해 사흘을, 아니 어쩌면 그보다 더 많은 시간을 들여 준비했음을 알 수 있었다.

"앗 혹시 영호 씨 바쁜데, 죄송해요. 할 것도 많으실 텐데."

바쁘지 않았다. 할 것도 없었다.

말 그대로였다. 친구도 없었다.

나는 뒤를 돌아보며 괜히 물었다.

"내일 주전부리는 뭔데요?"

3-3

그리하여 나는 매일 선셋 작가가 지정석처럼 앉는 카페 자리의 맞은편에 앉아 있게 되었다. 노트북 너머로 선셋 작가는 무언가 고민하며 타이핑 조금 하다가 한숨 쉬고, 또 타이핑 조금 하다가 중얼중얼 욕하고, 또 타이핑 조금 하다가 주전부리 먹고 하는 식이었다. 나는 맞은편에서 그런 선셋 작가를 구경하다가 잠깐 졸고, 또 구경하다가 바닥의 타일 개수를 세어 보고, 또 구경하다가 주전부리를 같이 먹고 하는 식이었다.

그렇게 대체로 평온했지만 가끔 선셋 작가의 기습이 있기도 했다.

"그런데요. 혹시 '맨투맨'이 무슨 뜻일까요? 어떤 의미로 지으신 제목이에요?"

통화였다면 쉬이익이라도 할 수 있었을 텐데. 당황한 나는 더듬거리며 말했다.

"그 왜 그런 거 있잖아요. 영어 표현으로 Man to Man. 그게 뭐겠어요. Man과 Man 사이에 to, 그 중간에 to가 있다는 거죠. 우리 학교 다닐 때 to부정사도 배웠잖아요, 그쵸? 뭔지 아시겠죠? 딱 감이 오시죠? 이게 또 초롱이의 이야기잖아요. 맨, 투, 맨, 초롱! 컴온!"

말 같지 않은 말을 하며 나는 초롱이 모사를 한답시고 격투기 파이팅 포즈를 흉내 냈다. 컴온! 선셋 작가는 갸우뚱하더니 중얼거렸다.

"맨투맨. 투, 투. 이 투가 싸울 투(鬪) 자인 건가요?"

"……."

"……."

"…… 뭐. 그렇다고 봐야겠죠."

"그게 어떤 의미일까요?"

"……."

선셋 작가는 더 이상 묻지 않고 나를 볼 뿐이었다. 나는 본능적으로 그가 나를 꿰뚫어 보고 있다는 걸 알 수 있었다. 내가 그에 관해 그렇듯, 그도 나에 관해 너무 잘 아는 것이었다.

'맨'이 뭐고 '투'가 뭐며 다시 '맨'은 뭔지 내가 알 리가 없었다. 나는 풀이 죽어 고개를 숙였다. 그런데 문득 땅에 스며드는 부드러운 눈송이처럼 조용한 한마디가 들려왔다.

"같이 알아 가요, 우리."

알아 가자. 내게는 그 말이 이 이야기의 제목이 아니라 서로를 향하는 것처럼 들렸다.

하지만 그게 정말로 가능한 일일까. 나는 괜히 희망을 가지게 될까 겁이 났다. 반면 선셋 작가는 한 걸음씩 내게 다가왔다. 언제나처럼 대화하던 중에 그는 남자 작가가 여성 캐릭터 쓰기란 쉽지 않은데 어떻게 초롱이라는 여고생 캐릭터를 만들 생각을 했는지 물어 왔다.

"그러게요."

나도 모르게 피식 웃으며 그렇게 대답해 버리고 말았다. 아마 먼젓번에 꿨던 그 꿈 때문이었으리라. 하지만 정신을 차리자 건너편에서 그런 나를 빤히 보고 있는 선셋 작가의 진지한 표정이 보였다. 마치 꿈속의 초롱이처럼 내게 요구하는 듯했다. 자, 이제 진실을 말해 봐.

"사실은요. 난 「록키」 같은 거 하고 싶었어요."

"「록키」요?"

"네. 실베스터 스탤론이라고, 목소리 걸걸한 아저씨 나온 거 있잖아요. 그런 영화요."

"그럼 그런 걸 쓰시지, 웬 초롱이……?"

나는 겸연쩍은 표정으로, 새삼스레 뭐 그런 걸 다 물어보느냐는 듯 대답했다.

"그런 걸 좋아하는 사람들은 지난 시대에 이미 다 죽었거든요."

"대중들의 입맛에 복무하지 마, 인마!"

피 PD는 그렇게 말하곤 했다. 엄마가 없는 나에게 피 PD는 엄마 같지는 않고 아빠 같았다.(물론 우리 아빠는 잘 살아 계신다. 아버지, 잘 지내시나요?) 나는 대중들의 입맛에 복무하지 말란 그 말 뒤에 어째서 '인마'가 붙는지 잘 이해할 수 없었지만 무서워서 묻지 못했다. 그런데 다음으로 따라오는 말은, 언제나 그보다 더 무서운 말이었다.

"시대를 이야기해야 하는 거야. 오늘날, 지금 이곳의 사회, 시스템! 그래, 인마!"

뒤이어 피 PD는 자신의 대학 시절과 1980년대의 투쟁, 그리고 그때 전성기를 구가한 문학과 예술에 대해 침 튀기며 떠들어 댔다. 나는 한평생을 그 단 몇 년간의 대학·시절과 확인 불가능한 무용담을 가지고서 먹고사는 것 같은 피 PD와 그들 동년배가 진심으로 부러웠다. 피 PD는 세상과 불화해야 한다며 목에 핏대를 올렸고, 혼자 골방에 갇힌 것 같은 이런 글 써 오지 말고 요즘의 젊은이들이 어떻게 사는지 조사해서 지금 이 시대의 것을 찾아야 한다고 말했다.

지금 이 시대의 것을 찾으라고?

그 말은 나에게 마치 참치회를 불판에 구워 먹는 일과 같은 인지부조화를 불러일으켰다. 내가 바로 이 시대의 사람이고, 요즘의 젊은이였다. 그런데 나를 향해 이건 요즘의 것이 아니며 이 시대의 젊은이들 얘기가 아니라는 둥 판결을 내리는 것은 피 PD처럼 젊었을 적 일찌감치 사회에서 한자리씩 차지한 뒤 몇십 년간 그곳에서 내려오지 않고 있는 저 잘난 세대의 분들이었다.

결국 나는 이런 결론을 내릴 수밖에 없었다.

나는 이 시대의 사람이 아닌가 봐. 이 시대의 젊은이가 아닌가 봐.

시대로부터 누락된 인간. 나는 이름 없는 유령과도 같아서 어떤 그물을 던져도 잡히지 않는다. 주파수가 잘못된 라디오

전파처럼 아무도 수신해 주지 않는다.

세상과 불화하라고? 나는 이미 열심히 불화 중이다. 다만, 나는 세상과 싸우지만, 세상이 나와 싸워 주지 않는다. 일방적인 싸움이다. 일방적인 싸움은 일종의 짝사랑이다.

그리고 무릇 짝사랑의 끝은 제풀에 지쳐 관두게 되는 것이다.

"저…… 잘, 쓰고 있는 거죠?"

맞은편 노트북 너머로 보이는 선셋 작가의 얼굴을 힐긋거리며 나는 물었다.

"네? 아, 뭐, 음, 에……."

선셋 작가의 대답은 다른 행성에서 들려오는 무전처럼 아득했다.

3-4

세상과의 불화하면 또 빼놓을 수 없는 이가 옥빛 누나였다. 옥빛 누나의 경우는 인생에 불화가 없어서 결국 소설가가 되겠다는 꿈과 불화할 수밖에 없었던 케이스였다.

예술대학에 입학하고 막 두 번째 학기에 접어들었을 때, 옥빛 누나는 엄청난 깨달음에 그만 충격받고 말았다. 그 전까지 옥빛 누나는 한국 소설에 종종 등장하는 불우한 가정환경, 부모로부터 받은 상처, 가족끼리의 어떤 갈등과 폭력 등이 모두 소설이기에 나오는 거라고 생각했다. 뭐랄까, 히어로 영화 속 초능력자들처럼 현실엔 절대 존재하지 않지만 그냥 재미로 보는, 장르적인 클리셰 같은 거라고 여겼던 것이다. 그런데 대학에 오니 다들 앞다투어 자신들이 실제 그런 경험이 있음을 밝혔다. 처음 옥빛 누나는 그게 거짓말인 줄 알았다. 하지만 아니었다. 다 실화였던 것이다! 그건 초능력자들이 실존한다는 것만큼이나 충격적이었다.

그들과 옥빛 누나는 극단적으로 달랐다. 10대 시절에 가족끼리 두 번의 세계여행을 떠났고 가족회의를 통해 중요한 일을 결정하는 매우 수평적이며 다정한 가정환경에서 자라면서도 자신의 가정이 지극히 평범한 줄로만 알았던 옥빛 누나로서는 그런 불화를 겪어 본 적이 없을뿐더러 상상조차 할 수 없었다.

그런데 문제는 소설을 쓴다는 애들은 모두 그런 경험이 있었고, 나아가 그런 경험이 흡사 자신의 예술가로서의 가능성 혹은 자질과 품격을 증명하기라도 하는 양 여겼다는 점이다. 심지어 어떤 평론가는 화목한 가정에서 자란 사람은 위대한 예술가가 될 수 없다는 말을 했고, 학생들은 그 말을 경전처럼 입에 올리곤 했다.

상처는 일종의 훈장이었다. 이혼 정도는 상처 축에도 들지 못했다. 옥빛 누나가 속해 있던 그 집단에서는 자신이 가족으로부터 받은 상처가 크면 클수록, 쉽게 말해 과거 엄마나 아빠가 개차반이면 개차반일수록 어떤 자부심과 우월감을 보이는 것 같았다. 나아가 그들은 자신들과는 달리 엄마나 아빠에게 그런 상처 따위 받아 본 적 없는 옥빛 누나를 마치 숭고한 혁명에 참여하지 않고 혼자 무임승차한 파렴치한처럼 대하기도 했는데, 그럴 때면 옥빛 누나 본인마저 죄책감 비스무레한 감정을 느껴야만 했다. 그래서 어떤 날엔가는 참고 참던 옥빛 누나가 가족들을 향해 울부짖으며 따진 적도 있었다. 왜 나를 이렇게 화목하고 평탄하게 키웠나요! 왜 나한테는 시련을 주지 않은 거예요!

흐음, 한마디로 모두들 개변태 마조히스트들이었다고 할 수 있겠다.

"요즘도 가끔 소설 써?"

옥빛 누나와 골뱅이 소면에다 소주 한잔을 하던 중 내가 물었다. 선셋 작가 관련 일로 다시 연락하게 된 이후로 우리는 그렇게 종종 만났다.

"아니. 근데 가끔 읽기는 해."

"아 그래? 아직도 문학을 사랑하시는군. 그럼 어떤 거 읽어?"

"그때그때 다르지."

옥빛 누나는 취기로 발그레한 얼굴에 행복한 미소를 띠며 말했다.

"내 기분이 오늘따라 누군가를 조소하고 비웃고 싶으면 젊은작가상 수상집을 읽고, 허망하게 망해 가는 뭔가를 볼 때의 허무한 기분을 느끼고 싶으면 이상문학상 수상집 같은 거 읽고."

"……."

"용호야."

"영호인데."

"난 본인 스스로가 너무 불쌍해서 견딜 수 없어 하는 거, 자기 연민이라고 해야 하나, 그게 참 싫더라. 또 그러면서도 불쌍한 자기 자신을 너무 사랑하잖아?"

나는 옥빛 누나의 말을 선셋 작가에게 넌지시 전했다. 물론 그 말을 한 게 옥빛 누나라는 건 밝히지 않았다. 나는 선셋 작가에게 내가 옥빛 누나를 알고 있다거나 만난다는 말을 하지 않았고, 그 반대로 옥빛 누나에게도 마찬가지였다. 왠지 두 사람은 서로 엮이지 않는 게 좋을 듯했다.

선셋 작가는 아무 말도 하지 않았다. 괜한 소리 했나 싶어서 멋쩍어진 나는 덧없이 또 물었다.

"저…… 잘, 쓰고 있는 거죠?"

"네? 아, 뭐, 음, 에……."

타닥타닥하는 타이핑 소리가 조금 이어지다가, 뒤이어 톡, 톡, 톡, 백스페이스를 누르는 소리가 들려온다. 다 똑같은 자판이건만 백스페이스 누르는 소리는 다른 자판 소리들과 귀신처럼 잘 분간된다. 타닥 타닥 타닥, 잘 쓰는가 싶다가도, 톡, 톡, 톡,

톡.

무슨 연유인지 그 소리는 어깨를 축 늘어뜨리는 중년 남자의 뒷모습을 연상케 했다.

"너무 가혹하지 않아요?"

선셋 작가가 한참 만에 입을 열어 내뱉은 말에 나는 어리둥절했다.

"네? 뭐가요?"

선셋 작가는 고개를 숙였다. 얼굴을 가린 긴 머리칼 너머로 들려오는 그의 목소리는 마치 축축한 동굴 안에서 들려오는 것처럼 물기에 젖어 있었다.

"자기 연민도 하지 말라니, 그럼 스스로가 너무 불쌍해서 어떡해요?"

3-5

평일 아침이면 7시 45분에 눈을 뜬다. 침대에서 일어난다. 씻고 집을 나서서 카페 앞에 다다르면 정확히 오전 8시 58분이다. 카페 문을 열고 안으로 들어서면 매번 똑같이 한 인디 밴드의 노래가 나오는 중이다. 여자 보컬이 감기약을 먹고 잠들기 직전의 아이 같은 목소리로 이런 가사를 노래한다.

인디밴드들 노래는 이런 목소리를 내야 한대. 이런 가사를 써야 한대. 잘 알았어, 하지만 나는 망치고 싶어. 근데 못 하지. 또 주제에 겁은 많으니. 으히히히히…….

한쪽 창으로 가을 햇살이 설핏 들어오고 아직 졸음을 떼지 못한 눈의 아르바이트생 한 명과 몇 안 되는 손님들만이 카페를 지키고 있다. 으히히히히, 나는 노래의 가사를 따라 부르며 구석의 우리 자리로 간다. 곧이어 선셋 작가가 도착한다. 감은 머리를 미처 말리지 못한 선셋 작가는 항상 누군가에게 쫓기다 온 사람 같다. 나는 손을 팔랑팔랑 저으며 천천히 하시라고 말한다. 선셋 작가는 그제야 그 누군가를 따돌린 사람처럼 헤시시 웃는다.

우리는 커피 냄새를 맡으며 잠시 숨을 돌린다. 하루의 시작이다. 어디선가 빵 굽는 냄새가 나는 것 같다. 달콤하다. 갓 구워져 따끈따끈한 말간 빛깔의 빵. 아기 엉덩이처럼 통통하게 부풀어 오른 그 빵처럼, 우리는 아직 아무것도 하지 않았는데도 하루가 참 충만하다고 느낀다.

"너는 요즘 내 말을 들을 겨를이 없다."

프랑켄이 말했다.

"그래? 그러고 보니 그러네."

나는 나갈 준비를 하느라 제대로 대답하지 못했다. 현관문을 닫는데 등 뒤에서 프랑켄의 목소리가 들려왔다.

"변한다는 것은, 위험한 것이다."

하지만 위험하지 않았으면 변하지도 않았을 것이다.

프랑켄의 말처럼 나는 변하고 있었다. 내 생활의 가장 큰 변화는 내게도 일과라는 게 생긴 것이다. 평일이면 나는 선셋 작가와 오전 9시경 카페에서 만나 오전을 보내고, 점심을 먹은 뒤, 다시 카페로 돌아와 오후 5시까지 함께 있다가 귀가했다. 회사에 출퇴근하는 기분이었는데, 그래서인지 하루하루 참 열심히 살고 있다는 뿌듯한 마음도 들었다. 집으로 돌아갈 때면 짐짓 직장인들 특유의 피로에 젖었지만 오늘

하루도 잘 보냈다는 안도감을 담은 덤덤한 그 표정을 연기하기도 했다.

물론 일하는 건 선셋 작가뿐이었다. 나는 아무 일도 하지 않았다. 비유적 표현이 아니다. 책을 가져와서 읽을 때도 있었지만 대부분은 꾸벅꾸벅 졸거나 멍하니 창밖 지나가는 사람들을 구경하거나 타닥타닥, 선셋 작가의 타이핑 소리를 귀에 담으며 가을이 흘러가는 것을 느꼈다.

그렇다. 시간이 흐르고 있었다. 그 전까지의 나는 멈춘 시간 속을 살아갔다. 간간이 월세와 식비를 감당할 만큼의 아르바이트만 했고 취해 있지 않을 때보다 취해 있을 때가 더 많았다. 세상은 일시정지되어 있는데 나만 발버둥 치고 있는 느낌이었다. 한때는 마음 한편에 일종의 오기처럼 어디까지 인생이 엉망이 되나 한번 보자는 심정도 있었다. 그런데 인생이란 내 예상보다 만만치 않은 것이어서 밑바닥은 보일 기미 없이 계속 씩씩하게 추락하기만 했다. 그래서 끝이 없는 도돌이표 노래처럼 그냥 하염없이 엉망이 될 따름이었다.

언제부터 이렇게 되었을까. 그 원인과 계기를 찾는 건 쉽지 않았고 그게 가능한 일인지도 확실치 않았다. 어쩌면 나는 지금 그 근원을 다름 아닌 「맨투맨」에서 찾으려는 걸지도 몰랐다.

“저도 그랬어요.”

선셋 작가는 알코올중독으로 치료받은 경험을 털어놓으며 말했다. 그리고 실은 나를 만나고 나서야 겨우 이렇게 책상 앞에 앉아 키보드를 두드릴 수 있게 된 거라고 고백했다. 그 전까지는 문서 파일을 열지조차 못해 침대에 가만히 누워 있으면서 아무것도 쓰지 못한 스스로에 대한 자괴감으로 하루를 통째로 버렸더랬다. 그렇게 버려진 하루를 술로 수장시켰더랬다.

"이제 열심히 해야죠."

그런 말을 하는 그는 정말이지 애를 쓰면서 사는 중이었다. 나와 카페에 있는 시간 외에는 대부분 돈을 벌기 위해 아등바등해야 했다. 남 일 같지 않았다.

예술과 관련 없는 분야의 사람들이 흔히 하곤 하는 오해 중 하나가 바로, 예술을 하면 돈은 없지만 그래도 자유로울 거라는 것이다. 가난하지만 그래도 고고하고, 걸친 건 많이 없지만 그 덕에 몸이 가벼운 나비처럼 말이다. 물론 악의 같은 건 없는 오해다. 그러나 그럼에도 심술궂은 나는, 그런 오해를 하는 사람들의 코를 한 대씩 때리고 싶었다. 퍽. 누굴 놀려?

가난하지만 또 고고하지도 않고, 걸친 건 많이 없지만 그렇다고 해서 가볍지도 않았다. 도리어 돈에 더 크게 휘둘리고 종속되었다. 물론 모든 사람들이 돈에 매인 채 살아가기는 한다. 그러나 돈이 사람을 속박하는 일종의 줄이라면, 보통의

직업을 가진 사람은 하나 혹은 많아도 둘 정도의 튼튼한 줄에 매여 있는 반면 선셋 작가나 나 같은 사람은 거미줄처럼 얇은 수많은 줄들이 저마다 서로 다른 방향에서 뻗어 와 어지럽게 사지를 붙들고 있는 셈이었다. 한마디로, 안정성이라곤 쥐뿔도 없고 소위 말해 단가도 별로 안 되지만 그마저도 일주일에 한두 시간밖에는 할 수 없는 자잘한 일거리들을 그때그때 여러 개를 해 나가면서 아등바등 정신없이 살아간다는 것이다.

휴일이란 게 있을 리 만무했다. 선셋 작가는 주말마다 초등학생 독서 논술 수업(초등학생이 왜 『데미안』 같은 책들을 읽어야 하는지는 이해할 수 없었지만)을 하루에 여덟아홉 시간 했다. 수업을 위한 준비에도 따로 품을 들여야 했기에 쉬는 시간을 쪼개 틈틈이 일했다. 그리고 평일 저녁에는 중고등학생 국어 과외를 했다. 혹시라도 학생이 물어봤는데 모르면 어쩌나 싶어 과외를 위한 공부를 하는 것도 만만치 않았다. 특히 수능 국어 문제는 갈수록 어려워졌다. 선셋 작가는 때때로 이렇게 생각했다. 10대 때 진즉에 지금처럼만 공부해서 대학 갔으면 난 지금보다 훨씬 편하고 행복하게 살 수 있었을 텐데. 물론 그 뒤 바로 다음과 같은 생각이 연이어 뒤따라왔다. 아니, 애초에 이쪽 판에 발을 들이지 않았으면……. 그는 때때로 학원 옥상에 올라가, 자신처럼 자랄지도 모를 평행 세계의 어린 김혜진을 향해 외치곤 했다.

도망쳐, 이년아! 여긴 아니야!

수단이 목적을 이겼다. 예술을 한답시고 보통의 삶도 포기했건만, 막상 최소한의 생계를 연명하기 위한 그 알량한 돈을 번답시고 구르다 보니 정작 본래의 목적이었던 예술 할 여유는 없었다. 모순 같아 보이는 이 모순이 사실은 모순이 아님을 받아들여야 남들처럼 사는 건지도 몰랐다. 그렇게 따지면 여기서 잘 탈출한 옥빛 누나야말로 승자였다. 누나는 무사히 이곳을 빠져나갔다.

그럼 나는?

카페에 가만히 앉아 있는 시간은 대체로 평화로웠지만 이따금 걷잡을 수 없는 불안감에 사로잡혔다. 문득 내가 고장 난 잠수함에 탑승해 있는 기분이었기 때문이다. 다시는 수면 위로 올라가지 못한다. 빠져나오기는 이미 늦었다. 잠수함 밖은, 빛이라곤 없는 어둠의 심해. 다만 너무도 천천히 그리고 평화롭게 가라앉는 중이라 나는 이것이 얼마나 끔찍한 일인지조차 실감하지 못하는 것이다.

겁이 났다. 그래서 선셋 작가를 향해 물었던 것이다.

"저…… 잘, 쓰고 있는 거죠?"

그 물음의 속뜻은 이랬다. 거기, 잘 있죠? 어디 다른 데 가지 않은 거죠?

그러니깐…… 나랑 같이 이 잠수함 안에 있는 거죠?

선셋 작가의 대답은 똑같았다.

"네? 아, 뭐, 음, 에……."

그 대답은 이런 뜻으로 들렸다. 있긴 있는데요, 잘 있지는 않아요.

그렇게 평온하게 가라앉던 잠수함에 손님이 찾아온 건 카페가 유독 조용하던 어느 수요일 오전이었다. 카운터에서 테이크아웃 커피를 주문하던 어느 양복 입은 남자가 선셋 작가를 보고는 멈칫했다. 선셋 작가는 남자를 보지 못한 상태였고 나만 보고 있었다. 남자는 잠깐 망설이는가 싶더니 천천히 우리 쪽으로 다가왔다. 나는 속으로, 뭐야 무슨 전 남자 친구 같은 표정을 짓고 있어, 라고 생각했는데, 이런, 그 생각이 맞았다. 그는 선셋 작가의 전 남자 친구였다. 그리고 잠수함에서 일찌감치 탈출한 사람이기도 했다.

④ 초롱이는 이기지만, 그것은 실은 가짜 승리다

4-1

혜진아, 나이를 그렇게 먹고 왜 아직 정신 못 차리고 글 쓴다고 그러고 있는 거니, 마음 아프게.

이런 식으로 말했으면 차라리 나았을까. 그러나 그는, 선셋 작가의 전 남자 친구이자 예술대학 동기라는 그는 그러지 않았고, 오히려 선셋 작가의 근황을 묻는 중에 나온 「맨투맨」에 관한 피드백을 조곤조곤 하기 시작했다. 그것도 참으로 매너 있게 말이다.

자리를 비켜 준 나는 두 사람과 조금 떨어진 곳에 앉아 있었다. 하지만 그 기생오라비 같은(나는 속으로 그를 그렇게 부르기로 혼자 결정했다.) 놈이 하는 말은 똑똑히 들렸다. 기생오라비는 한국 영화에서 여성 캐릭터를 소비하는 방식에 대한 문제 제기부터 시작해서 생전 들어 본 적도 없고 발음조차 하기 어려운 이름을 가진 외국 감독님들의, 한국에선 절대 볼 방법이 없을 것 같은 페미니즘 영화들을 열거했고, 그 영화들을 열거한 목적은 결국 「맨투맨」과 비교하기 위한 의도임을 넌지시 비추며, 예컨대 「맨투맨」 속 격투기 경기에서 여성들끼리 싸우는 모습을 보여 주는 것은 지극히 남성중심적인 관점에서 배태된 그릇되고 왜곡된 여성주의의 끔찍한 결과물이라고 말하는가 하면, 또 한편으론 이야기 후반 부분에서 초롱이와 싸웠던 여자 선수들이 다 함께 연대하여 초롱이를 지지하는 모습은 진정한 페미니즘이 아닌 참으로 얄팍하고 납작한 표현이라고 지적하면서, 욕망의 삼각형인지 라깡인지 새우깡인지 뜻 모를 개념들을 자기가 교수라도 된 것마냥 설명했는데, 결국엔 우리보고 이것도 안 되고 저것도 안 된다고 말하는 건가 싶어 두통이 올 정도로 어려운 소리들을 지껄인 것이었고 그건 한마디로,

존나 존나게 재수 없었다.

나는 그 기생오라비가(실은 기생오라비라는 닉네임에 맞지 않

게) 나보다 키도 크고 몸도 좋으며 얼굴도 잘생기고 무엇보다 돈도 더 잘 버는, 어엿하게 어른 노릇을 하는 남자인 것 같아 더 재수 없었다. CJ ENM의 영화 기획 팀에 근무하고 있다는 그는 자본주의의 최전선에서 문화적 세례와 경제적 혜택은 흠뻑 받는 주제에 여가 시간엔 아무도 보지 않을 프랑스 영화를 보면서 스스로의 무익하고 지적인 취미에 자아도취되는 유형으로 보였는데, 정말정말 더럽게 재수 없었다.

그는 자기 할 말만 해 버리고 그럼 잘해 보라며(뭘 어떻게 잘해 보라고?) 일어섰다. 그때껏 평온하고 담담한 표정으로 말을 듣던 선셋 작가는 몸을 완전히 일으키지는 않고 여유롭게 묵례만 했다. 그리고 기생오라비가 카페를 나가자마자 허물어진 선셋 작가의 모습을 통해 나는 선셋 작가가 그 앞에서 무너지지 않기 위해 얼마나 스스로를 붙잡고 있었는지 깨달았다.

휘청이는 선셋 작가였다. 테이블 위로 상체를 굽힌 채 두 손에 얼굴을 묻었다. 나는 그런 선셋 작가에게 다가가지 못했다.

모욕적이었다.

재미가 없다는 유의 피드백과는 달랐다. 재미가 있고 없고를 떠나서 아예,

가치가 없다는 소리로 들렸다.

그럴지도 모른다. 얄팍? 납작?

어떤 의미에선 기생오라비가 했던 말이 다 맞을지도 모른다. 하지만,

“저 새끼는, 아니 저분은 반은 알지만 반은 몰라서 그런 거예요. 그 가치란 것도 말이에요. 결국 사람들이 알아줘야 존재하는 거 아닌가요.”

나도 모르게 입에서 그런 말이 튀어나왔다. 선셋 작가가 고개를 들고 나를 보았다.

“선셋 작가님, 도치성이라고 아시나요?”

“그게 뭔가요?”

“사람 이름인데요. 성이 도, 이름이 치성. 그 사람 한번 만나 보실래요? MMA 격투기 선수예요.”

“어머, 우리가 좀 배워야 할 부분이 있는 사람인가요?”

“아뇨, 그게…….”

그 사람처럼 되면 안 된다고 알려 주고 싶어서요, 라는 말을 나는 꾹 참았다.

“일단 한번 만나 보실래요? 그러고 보니 우리 글 쓴다고 카페 밖으로 나간 적이 한 번도 없네요.”

4-2

세상엔 두 종류의 스승이 있다. 먼저 우리에게 어떻게 하면 성공하고 무언가를 성취할 수 있는지 알려 주는 스승이 있다. 우리는 대개 그런 스승만을 스승으로 치부하는 경향이 있다. 그러나 세상엔 자기 인생을 희생함으로써 가르침을 주는 그런 스승도 있다. 자신을 보는 사람으로 하여금 아, 어떻게 하면 성공해서 무언가를 성취할 수 있는지는 몰라도 최소한 저렇게 하면 안 된다는 것만은 잘 알겠군! 하는 식의 깨달음을 주는 스승. 어둠의 스승. 치성이 형이 바로 그랬다.

치성이 형의 훈련장이자 일터인 MMA 체육관은 버스로 30분쯤 가야 있었다. 버스가 덜컹거리며 오르막길을 올랐다. 맨 뒷좌석에 선셋 작가와 나란히 앉은 나는 왠지 아버지를 죽이러 가는 오이디푸스가 된 심정이었다.

"그런데 이분이요, 선수 생활을 많이 하신 건 아닌가 보네요?"

핸드폰으로 '도치성' 이름 석 자를 한참 검색하다 포기한 선셋 작가가 말했다.

"아닌데요."

나는 최대한 감정을 싣지 않고 대꾸했다.

"올해로 17년째인데요. 지금도 물론 꾸준히 선수 활동 하고 있고요."

내 말에 선셋 작가는 창밖의 먼 산을 보더니 이내 자는 척했다.

체육관에 도착했을 때 치성이 형은 일대일 PT 수업을 하는 중이었다.

"영호! 어쩐 일인가, 연락도 없이. 하하, 잠깐만."

치성이 형은 사람 좋은 미소를 짓는 동시에, 당장이라도 내게 달려와 악수해 주지 못해서 진심으로 아쉽다는 기색을 내보였다. 하지만 일단은 미트로 중학생 남자애의 펀치와 킥을 받아 줘야 하는 형편이었다. 선셋 작가와 나는 체육관 한쪽 바닥에 얌전히 앉아 기다렸다.

"인상이 참 좋으시네요."

선셋 작가가 조용히 중얼거렸다. 누구나 치성이 형을 보면 그렇게 느꼈다. 좋은 인상. 하지만 잠시라도 시선을 돌리면 이내 어떻게 생겼는지 잊어버리게 되는 희미한 인상이기도 했다. 그래서 나는 형의 미소를 볼 때면 겨울날 차창에 서린 입김을 가만히 응시할 때처럼 서글퍼졌다.

"그런데 그렇게 많이 싸우고 이기셨다는데 왜 지금껏……?"

선셋 작가는 말끝을 흐리며 물었다. 치성이 형은 십수 년 동안 선수 생활을 해 왔지만 아직도 그리 크지 않고 인지도도 거의 없는 국내 격투기 단체를 전전하고 있었다. 보통 그쯤

하면 작은 단체 챔피언쯤은 해 봤을 텐데 이름도 알려져 있지 않았다. 실력이 없어서는 아니었다. 되레 실력은 국내 선수 누구와 싸워도 뒤지지 않을 만큼 뛰어났다. 그리고 그게 바로 비극이었다. 마치 실패한 예술가보다 실패할 기회조차 얻지 못한 예술가가 더 비극적이듯이.

"가치란 게, 다 가치가 있는 건 아니니까요."

나는 그렇게만 대답해 주었다.

일대일 PT 수업은 그리 녹록지 않아 보였다. 당장 누군가와 맞짱 떠서 이길 수 있는 싸움 기술을 배우고 싶은 중학생 남자애는 정석적인 잽과 원투가 지겨워 시종일관 툴툴거렸고, 치성이 형은 미소를 풀지 않고 중학생 남자애를 달랬다.

"먹고사는 건 다 똑같네요."

선셋 작가는 치성이 형에게서 자신의 모습을 보는 듯했다.

잠시 후 수업을 끝마친 치성이 형은 땀을 닦으며 우리에게로 왔다. 나는 이번에 글 쓰는 거 함께 하고 있는 작가님이라며 선셋 작가를 소개했다.

"앗, 그거, 「맨투맨」인 거예요?"

"네, 아세요?"

선셋 작가가 묻자 치성이 형은 평소보다 더 크게 함박웃음을 지으며 말했다.

"네! 그거 「록키」 같은 영화 맞죠?"

그 말에 선셋 작가는 나를 슬쩍 쳐다보았고, 나는 슬쩍 눈을 피했다.

4-3

선셋 작가와 치성이 형이 처음 만난 그날 우리는 간단하게 격투기 선수의 삶에 대해 인터뷰했다. 선셋 작가는 처음엔 좀 기대한 눈치였으나 이내 펼쳐 놓은 다이어리를 접었다. 어떤 질문을 해도 치성이 형은 그 특유의 미소와 함께, 예, 아뇨, 뭐, 다 자기 하기 나름이죠, 예, 뭐, 열심히 해야죠, 라는 밋밋한 대답만 했기 때문이다. 특별히 쓸 것도 남길 것도 없었다.

그로부터 이틀 뒤에 치성이 형의 시합이 있었고 우리는 그 시합을 보러 갔다. 그리고 선셋 작가는 내가 왜 치성이 형을 만나게 했는지, 어둠의 스승이란 무엇인지 비로소 깨닫게 되었다.

치성이 형은 아주 잘 싸웠다. 심판 판정 만장일치로 이긴 걸 보면 그랬을 것이다. 하지만 나는 형이 싸우는 5분 3라운드 내내 거의 기억이 없었기에 그가 타격을 잘했는지 그래플링을 잘했는지 뭘 어쨌는지는 알 길이 없었다. 다만 심판이 형의 승리를 발표하는 소리에 화들짝 놀라 잠에서 깼을 따름이었다. 나는 아직 몽롱한 정신으로 링 위에서 승리를 만끽하는 형을 보았다. 나뿐만 아니라 다른 관중들도 몽롱한 상태이긴 마찬가지였다. 모두들 차 안에서 한숨 푹 자다가 고속도로 휴게소에 들른 사람의 얼굴이었다. 뭐야, 어떻게 된 거야? 그들 중 누구도 형이 어떻게 싸웠는지 제대로 보지 못했다. 다들 자느라고 말이다. 왜냐고?

재미가 더럽게 없었으니까. 형의 시합은 항상 놀랄 만큼 지루했다. 수면제와도 같았다. 심지어 언젠가는 시합 때 바로 곁에 있던 심판마저 졸다가 쓰러질 뻔한 적도 있다고 한다. 그런 점에서 형에게는 수많은 관중들의 불면증을 치료한 공로가 있는 셈이었다.

치성이 형은 분명 훌륭한 격투기 선수였다. 펀치도 킥도, 레슬링이나 주짓수 실력도 수준급이었다. 그건 운동선수에게 가장 중요한 자질인 꾸준함과 성실성의 결과였다. 한 시절 잠깐 반짝하다가 마는 센스나 본능, 혹은 행운의 대가인 재능만으론 이룰 수 없는 것이었다. 매일매일의 반복 훈련을 통해서만 얻을 수 있는 것이었다. 그 피와 땀에 경의를 보낼 만했다.

하지만 가장 큰 문제는, 그런 것과는 상관없이 경기가 더럽게 재미없다는 것이었다. 40전이 넘는 모든 전적이 판정승 또는 판정패였다. 화끈하게 KO를 시키는 일도 KO를 당하는 일도 없었다. 그건 어떻게 보면 기질이나 스타일의 문제이니

거기까진 괜찮다. 하지만 그것을 보충할, 예를 들면 경기 중에 이상한 행동을 한다든지, 하다못해 상대 선수에게 엉덩이를 내밀고는 엉덩이로 이름을 쓰며 놀린다든지(실제로 그런 선수들이 있었다. 한 러시아 선수는 이름이 너무 길어 그러다가 결국 엉덩이에 킥을 맞고 KO됐다.), 그것도 아니면 입장할 때 무희들과 함께 치마를 펄럭이며 캉캉춤을 추는 식의 기행으로 관중들의 시선을 끌지도 않았다.

그는 그저 우직하게, 너무 우직해서 멍청하게 보일 정도로, 잘 싸우기만 했다. 지난 17년간 한 번의 일탈도 없이 묵묵히 훈련하고 기술을 연습해 온 것처럼 변함없이.

그리고 그 결과 그는 누구에게도 사랑받지 못했다.

세상에 존재하는 모든 가치가 반드시 사랑받지는 않는다. 인간적인 노력도, 객관적인 지표로 드러나는 실력도, 심지어 우리가 진정성이라고 부르는 그 무엇도, 모두 그렇다.

나는 이것을 선셋 작가에게 알려 주고 싶었다. 치성이 형을 보면서 타산지석으로 삼길 바랐다. 작가님은, 그리고 우리는 그러지 말자고. 우리에게 그리고 「맨투맨」에게 필요한 것은 가치 없는 가치가 아니라 가치 있는 가치라고.

자신의 승리에 행복해하는 치성이 형을 향해 관중들이 몇 쩍은 박수를 보내 줬다. 짝짝, 짝. 그런 치성이 형을 바라보는 선셋 작가의 눈시울이 붉었다. 물론 자다 깨서였다. 짝짝, 짝. 나도 박수를 쳤다. 치성이 형은 환하게 웃으며 링에서 내려갔다. 난 형을 향해 속으로 물었다.

뭘 저렇게 웃는 거야. 아무도 자기 경기를 보지 않았다는 걸, 본인도 잘 알고 있으면서.

차라리 울지 그래?

우리는 도망치듯 경기장을 빠져나왔다.

해가 지는 중이었다.

날씨는 좋았다.

기분은 더러웠다.

나는 스스로에게 변명하듯 지껄였다. 사람들에게 사랑받는 능력도 결국 타고나는 것이고, 치성이 형은 그것을 타고나지 않은 것이다. 어쩔 수 없다. 그것은 타고나지 않으면 아무리 노력한다고 해도 쟁취할 수 없는 것이다.

반면 초롱이는 가능성이 있다. 초롱이는 실베스터 스탤론이 아니니까. 피 PD의 말처럼, 이 시대의 주인공인 여고생이니까. 그래야만 하니까. 그리고 어떻게 해야 더 사랑받을 수 있을지에 따라 초롱이가 어떤 인간일지, 이를테면 몸무게가 90킬로그램이 넘는 헤비급일지, 아니면 대중들이 젊은 여자 배우들에게 원하는 50킬로그램 미만의 체급일지가 결정될 것이다.

그것이 나의 윤리였다. 나는 마음이 편해졌다. 어차피 나의 윤리는 아무에게도 읽히지 않을 테니까.

다만 노을이 너무 붉고 밝아 거북스러웠다.

그때 돌연 선셋 작가가 물었다.

"술 한잔할까요?"

"술 끊은 거 아니었어요?"

"끊긴 했죠."

우리는 눈이 부셔 바닥만 보며 타박타박 지는 해를 향해 걸었다.

4-4

자신 안에 가치 있는 가치가 있는지 없는지, 스스로 대체 어떻게 판단할 수 있을까. 방법이 있다고 해도 왠지 굉장히 복잡하고 심오할 듯하다. 하지만 세상 모든 진리란 단순한 법. 선셋 작가는 말했다. 예술가들에게 대대로 내려오는, 아주 정통성 있고 명쾌한 방법이 하나 있다고.

일단 비교 대상 한 명을 정해라. 그래서 그 대상의 출생 연도와 그가 이른바 입신양명한 연도를 계산하여, 당시에 그가 몇 살이었는지 체크한다. 이를테면 1941년도에 태어난 김승옥 소설가가 단편소설 「생명연습」으로 1962년 한국일보 신춘문예에 등단했던 때의 나이가 만 스물한 살이었음 따위를 확인한다. 그러고는 그의 나이와 현재 자신의 나이를 비교하는 것이다.

그렇게 현재 자신의 위치가 어디쯤에 있는지 가늠한다. 측정한다. 이는 분야 불문 젊은 예술가들에게는 모두 통용되는, 정말이지 과학적이고 합리적인 방식이라고 한다. 이를 통해 그들은 때로는 안도하고 때로는 불안에 빠져 좌절하다가 결국('이 사람이 그냥 특출나게 운이 좋았던 거야.' 하며) 현실을 외면한다.

보통 그 비교 대상은 세계적인 거장으로부터 시작된다. 지금은 죽은 먼 나라의 위대한 예술가 말이다. 그러나 이내 너무 현실과는 동떨어져 있다는 생각에 다시 대상을 조정한다. 우리나라의 예술사에 한 획을 그은 사람 정도로. 하지만 시간이 흐르면 그것마저 현실과 좀 거리가 있다는 생각이 들고, 다시 현실에 맞춰 조정하고, 또 조정하다 보면, 비교 대상은 현재 업계에서 잘나가는 기성 예술가에서 다시 이제 막 입지를 다지는 유망주로, 그러다 유망주까지는 아니고 이 판에 간신히 한 발 걸친 학교 선배들로…… 가까워진 현실에 맞춰, 한 계단 한 계단 내려간다.

그래도 내려갈 수 있는 계단이 있을 때는 그나마 행복하다. 아직 자신의 나이에, 즉 미래에 기대를 걸어 볼 수 있으니. 걸어 볼 기대라도 아직 남아 있으니.

선셋 작가는 마치 노부인이 과거 자신의 아름다운 한때를 회상하듯이 말했다.

"그땐 그래도 불안해할 수는 있지요. 불안도 그때에만 있는, 일종의 특권이니까요. 제 친구들도 그랬어요. 서점에 가서 신인 작가들의 책을 집어 들어…… 내용은 전혀 보지 않고 책날개에 쓰인 작가의 나이를 초조하게 확인하던……."

현실은 성실하게 우리를 압박해 온다. 하지만 어느 시점이 되면 그것도 전혀 다른 차원으로 넘어간다. 우리와 가까워지다 못해 만원 전철 안에 끼인 사람들처럼 꽉 밀착하게 된 현실은, 이제 짜증이 머리끝까지 난 나머지 우리의 등을 떠민다. 야, 너 그만 저쪽으로 가! 그렇게 현실에게 떠밀린 우리는 데칼코마니의 반대편으로 진입한다. 그곳, 이제는 불안해할 수도 없는 고요와 평온의 세계로.

"그러면 그땐 비교를 반대로 하게 돼요. 위가 아니라 아래를 보는 거예요. 나보다 나이는 많은데 빌빌거리는 선배들에 대해 찾아보는 거죠. 그 선배 요즘 뭐 하냐고, 일부러 동기들에게 묻기도 하고. 그리고 기대했던 대로 뭐 하긴 뭐 하냐고 빌빌거린단 말이 들려오면, 나는 씁쓸한 표정을 지으나 마음

한구석이 참 따듯해지고 충만해지고…… 평화롭게…… 그 선배들이 있어서 참…… 좋았죠. 참 고마운 선배들이에요."

이래서 사람은 더불어 살아야 한다는 것인가. 너와 나의 행복과 불행을 저울질하며. 나의 가치를 빛나게 해 줄, 가치 없는 너를 찾아서…….

하지만 오로지 혼자서 빛나는 사람도 있었다. 굳이 누군가의 빛을 훔치지 않아도 되는 사람도 있었다.

선셋 작가가 스무 살, 스물한 살 즈음이었다고 한다. 자기가 세상에서 가장 큰 소용돌이 속에 있다고 여기는 시기. 허나 훗날 돌이켜 보면 아직은 찌들어 있지 않았던 순수한 시기. 그때 선셋 작가는 한 교양 수업에서 우연히 다른 학생의 글을 읽게 되었다. 그리고 글을 읽고 누군가에게 반하는 경험을 그때 처음으로 했다.

그 글 속엔 다른 누구의 그림자도 없었다. 오직 본인만이 있었다. 예술대학 입시를 하며 이미 다른 이의 눈치를 보는 데에만 익숙해진 동기들과는 달랐다. 글이 하나의 길이라면, 그 글은 본인의 손아귀에 있던 뭔가를 내키는 대로 확 던졌는데 그게 길 위에 내려앉아 반짝반짝 빛나고 있는 것 같았다. 작은 보석들이 흩뿌려진 것 같았다.

선셋 작가는 그 학생처럼 되고 싶었다. 자신의 가치를 굳이

다른 누군가와 견줄 필요 없는. 그 무엇도 흉내 내지 않는 독립적인 존재. 유일하고 고유한 존재. 그런데 그런 존재가 되기 위해 우리의 선셋 작가가 선택했던 방법이 조금은 슬프다면 슬픈데,

선셋 작가는 그 학생의 모든 것을 따라 하기 시작했다.

그 학생이 듣는 수업을 따라 들었고, 들고 다니는 책을 똑같이 빌렸으며, 입고 다니는 옷, 머리 스타일, 심지어 말투나 표정까지 비슷하게 흉내 냈다. 하지만 그것을 일종의 기만이나 꼼수라고 할 수는 없었다. 당시의 선셋 작가는 그게 진심이었다. 그 진심의 다른 이름을 사랑이라고 불러도 무리는 아닐 것이었다. 물론 정작 그 학생과 한 번도 대화해 보지는 않은 선셋 작가였다.

그런데 그 학생이 점점 힘들어하는 것 같았다. 주변의 영향 때문에 괴로워하는 것 같았다. 학내에서는 그 학생을 빗대어 누구누구 같다라는 비아냥 섞인 말들이 유행어처럼 떠돌았다. 근본 없이 쓰인 글이라는 뜻이었다. 어쩌면 당연한 현상일지도 몰랐다. 모든 집단은 집단의 평균에서 벗어난 개체를 싫어하기 마련이니까. 선셋 작가는 마음이 아팠다. 그 학생이 변하지 않기를, 소중한 자기 것을 지키기를 바랐다. 마치 그러

지 않으면 본인 또한 소중한 무언가를 잃기라도 하는 것처럼. 그러는 동안 사랑은 점점 커졌다. 그리고 선셋 작가는 자신이 키운 그 사랑이 일으킨 소용돌이 속으로 흔쾌히 빨려 들어갔다.

그러던 어느 날, 선셋 작가는 용기를 낸다. 드디어 그 학생에게 처음으로 말을 건 것이다.

"당신을 옛날부터 봐 왔어요."

너무 떨린 나머지 목소리가 마치 양의 울음처럼 진동했다. 선셋 작가는 그 학생에게 말하고 싶었다. 아무리 주위의 핍박이 있어도 당신 자신의 모습을 잃지 말라고, 왜냐하면 당신은…… 아름다운 보석이라고. 하지만 심장이 터질 듯해서 앞뒤 다 잘라 먹고 입에서 나온 단어는 비슷하긴 하나 엉뚱한 단어였다.

"다, 당신은…… 광, 광석이에요."

광석이라……. 순간 선셋 작가는 보석과 광석 사이의 헤아릴 수 없는 심연에 빠져 얼굴이 새하얗게 질린 채로 굳어 버렸다. 그런 그를 무표정하게 마주 보던 학생은 입을 열었다.

"저도 알아요. 그쪽이 저 흉내 내고 다녔던 거."

선셋 작가는 그 학생의 한쪽 입꼬리가 차갑게 치켜 올라가는 것을 황망히 눈에 담았다. 처음 말 걸 때부터 이미 그 학생이 적대심을 품고 있었음을 왜 진작 눈치채지 못했는지, 후

회해 봐야 너무 늦은 시점이었다.

"광석이라고요? 그래. 그쪽 같은 사람들은 날 돌멩이 취급하지. 아무 데서나 볼 수 있는 보잘것없는 돌멩이처럼, 그래서 아무나 툭툭 차도 되는 그런 돌멩이처럼 말이야."

뒤이어 그 학생은 마구 돌팔매질하듯 속에 있던 분노를 뱉어 냈다. 선셋 작가는 생전 처음 듣는 욕설들을 면전에서 들어야 했다. 오해를 정정할 기회 따윈 없었다. 당황스럽고 무섭고 무엇보다 서운해서 얼굴이 화끈거렸다. 그런데 곧 그 화끈거림은 똑같이 뜨거운 열의 속성을 가진 분노라는 감정으로 전이되었다.

나는 그저 사랑했을 뿐인데. 누군가에게 피해 준 것도 없는데. 사랑이 죄야? 나의 사랑이 잘못이란 거야?

그 학생은 자기 할 말만 하고는 몸을 돌렸다. 선셋 작가는 이대로 뭐라도 맞받아치지 않으면 자신은 한동안 억울해서 (어휴 그때 이렇게 말했어야지, 이 답답한 년아!) 밤에 한숨도 못 잘 것임을 알고, 재빨리 자기 나름대로 최소한의 대응을 했다. 중지를 올린 것이다. 그래, 뻐큐를 날린 것이다. 그러나 이미 학생은 몸을 돌려 멀어지고 있는 채였고, 결국 선셋 작가의 뻐큐는 과녁을 맞히지 못한 채 학생의 등 위에서 미끄러질 뿐이었다.

그날, 원래는 술을 못 마시던 선셋 작가는 편의점 문을 박차고 들어가 캔맥주를 하나 사서 마셨다. 그런데 웬일인지 달콤했다. 취하니까 자신이 얼마나 무가치한지가 잘 느껴졌는데, 그게 예상외로 나쁘지 않은 기분이었다.

망가지는 자신을 보는 기분. 그리고 그런 자신을 사랑하는 기분.

이래서 술을 마시는가 싶었다. 다시 편의점에 가서 한 캔을 더 샀다. 다 마셨다. 그리고 다시 편의점에서 한 캔을 더 샀다. 다 마셨다. 그다음에는 한 번에 세 캔을 샀다. 세 캔 다 마셨다.

그때부터였다고 한다. 밤에 술을 안 마시면 잠을 자기 힘들어진 것이.

"아이고 괜한 얘기를…… 오늘 치성 씨 경기 보니까…… 그냥 옛날이 생각이 나서……."

선셋 작가는 다시금 마치 노부인이 과거 자신의 아름다운 한때를 회상하는 듯한 표정으로 말했다. 들으며 나는 생각했다. 어쩌면 그때 빠큐가 빗나갔기 때문에 이후 그가 김혜진에서 선셋으로, 즉 진정한 탈수기로 거듭난 것인지도 모르겠다고 말이다.

4-5

처음부터 모텔을 가려던 건 아니었다. 술집을 찾아 무작정 걷다 보니 점점 외진 거리로 향했고, 곧 상가 건물들이 사라졌으며, 이내 인적이라곤 없는 도로 위에 떡하니 편의점 하나와 모텔 하나가 보였던 것이다. 해는 어느덧 지고 주위에는 아무것도 보이지 않았다.

"그럼 술 사서 그냥 방에서 먹을까요?"

선셋 작가가 물었다. 나는 내가 여기서 말을 더듬거나 망설이면 분위기가 괜히 이상해질 것 같았고, 혹 내가 이상한 쪽으로 생각하는 것처럼 보일 것만 같았다. 그래서 아무렇지 않은 척한다는 것이 나도 모르게 군인이 경례하듯 대답하고 말았다.

"협! 좋아요!"

"아…… 네."

선셋 작가가 경계심 가득한 표정을 지었다.

우리는 편의점에서 소주와 간단한 안주를 산 뒤 모텔 카운터에서 방 하나를 빌리고는 엘리베이터를 탔다. 엘리베이터 벽에 붙은 종이에는 고속도로 휴게소의 화장실에 쓰여 있을 법한 위인들의 명언이 적혀 있었다. 나는 멍청히 그 문구를 읽었다.

인간은 운명의 포로가 아니라 단지 자기 마음의 포로일 뿐이다.

—프랭클린 D. 루스벨트

이런 문구를 손님들에게 읽도록 만든 모텔 사장님의 저의는 대체 무엇일지 가늠되지 않았다. 모텔 왔다가 졸지에 포로가 된 나머지 패배감에 어깨를 축 늘어뜨린 손님들의 모습이 상상됐다.

방에 들어가자 선셋 작가는 (양심 때문인지) 술을 마시며 시나리오 관련 메모도 하겠다며 슬그머니 노트북을 폈다. 방의 벽지에는 반나체 차림의 백인 여성이 말을 타고 있는 그림이 그려져 있었는데 또 반대편에는 프랑스의 에펠탑과 여러 성당들이 그려져 있어 무슨 조화인지 알 수 없었다. 혼돈의 도가니였다. 하기야 루스벨트 때부터 범상치 않았다. 우리는 오징어포를 우물거리면서 어색한 분위기를 감추기 위해 소주만 벌컥벌컥 들이켰다.

이내 취기가 돌자 슬슬 입이 열리기 시작했다. 먼저 발동이 걸린 건 선셋 작가였다. 그는 취하니 노부인의 탈은 어디다 팽개치고는 평소와 전혀 다른 인간으로 변신했다. 그렇게 베개를 손톱으로 할퀴며 또 간간이 심심할 때면 나도 할퀴면서 다음과 같은 말을 하는 것이었다.

난 사실 사귀지도 않는 남자랑 모텔에 온 게 처음이다, 왜냐하면 나는 bitch가 아니기 때문이다, bitch들은 쿨하다, 개네들은 처음 보는 남자랑 섹스하거나 절친이었던 여자랑 섹스하거나 심지어 고양이랑 섹스하는 것도 별일 아닌 것처럼 여기며, 그런 걸 별일로 생각하는 여자를 조선 시대 여자 보듯이 하는, 세상에 두려울 게 없는 여자애들이다, 오늘날 이 세상은 그런 여자애들을 좋아하고 그 여자애들도 그 사실을 잘 안다, 그래서 더더욱 거칠 게 없고 당당하며 힙하다, SNS 스타인 데다가 에세이 같은 거 대충 끄적여서 책도 척척 잘 팔고 아무튼 별것 안 하는 거 같은데 인기가 많다, 나는 진심으로 그런 애들이 부럽다, 질투가 난다, 하지만 난 bitch일 수 없다, 노력해도 안 되는 것이다, 마치 그 도치성 선수가 인기 없는 것처럼, 난 bitch는커녕 소심해서 그 누구에게도 제대로 된 욕을 시원하게 하지 못하는, 착하지만 너무 착해서 답답한 년인 데다가…….

그러던 선셋 작가는 끝에 가서 "개 같은 bitch들!"이라며 욕을 했다.

선셋 작가의 기나긴 말이 끝나자 나도 문득 나의 이야기를 시작했다. 치성이 형과 같은 동네에 살았던 나의 소년 시절 이야기였는데, 내가 어떻게 해서 영화 「록키」를 좋아하게 되었는지, 그리고 한 소년이 어찌하여 사춘기의 어두컴컴한 터널을 통과하여 한 사람의 남자로 성장해 나갔는지에 대한, 남성들의 세계를 담은 길고 장엄한 대서사시라 해도 모자랄 얘기였는데, 이제 막 서두를 설명했다 싶을 때 선셋 작가는 코를 골며 자고 있었다.

그렇다. 꼭 치성이 형의 시합만이 아니었다. 이런 얘기 역시 더럽게 재미없는 것이었다.

하지만 나는 잠들지 않았다. 아니, 잠들지 못했다.

모텔 방 안은 너무나 조용해 내가 침을 꿀꺽 삼키는 소리가 크게 들렸다.

꽤 취한 상태였지만 나는 긴장감에 온 감각이 예민해지는 것을 느꼈다. 침대에 누워 잠든 선셋 작가의 새근거리는 숨소리가 들려왔다.

그러나 나의 신경은 그를 향하고 있지 않았다. 나를 사로잡은 것은 바로 그의 노트북이었다. 술자리를 시작할 때 열어 놓고는 결국 한 번도 손대지 않은 것이었다. 나는 선셋 작가가 완전히 곯아떨어진 것을 다시 한 번 확인하고, 슬쩍 노트북의 마우스 패드를 터치해 보았다. 다행히도 다른 잠금 화면 없이 곧바로 바탕화면이 등장했다.

꿀꺽, 또 침을 삼켰다. 비록 지난번 다이어리 사건도 있긴 했지만 내가 원래부터 뭐 훔쳐보고 그러는 걸 좋아하는 몰상

식한 사람은 아니다. 하지만 상황이 상황이었다. 강렬한 호기심이 나를 충동질했다. 실은 며칠 전부터 궁금해 미칠 지경이었던 것이다. 「맨투맨」이 과연 어떻게 새롭게 쓰이고 있는지. 어쩌면 강박적이다시피 내게 자신이 쓰고 있는 것을 보여주지 않으려 하는 선셋 작가의 태도가 나를 더욱더 자극한 것일지도 몰랐다.

잠시 후, 그리 어렵지 않게 작업 폴더를 찾을 수 있었다. 그리고 그 안에는 지난번 읽어 본 1차 각색고 파일과 함께, 그것을 새롭게 고치고 있는 2차 버전의 문서 파일이 있었다. 최근 수정 날짜를 확인해 보니 요즘 카페에서 작업하고 있는 파일이 확실했다. 나는 편한 자세를 잡아 글 읽을 준비를 마친 뒤 파일을 열었다.

어라.

처음에 나는 파일을 잘못 연 줄 알았다. 왜냐하면 그 문서 안에 시나리오는 하나도 쓰여 있지 않고, 'ㅇㅈㅎㅁㅍㅍㅍㄷㅂㅇㅇㅎ'처럼 겉으론 암호 같지만 실은 별 뜻 없을 자음들이 열거되어 있거나, '양갱이 먹고 싶구나', '가을 하늘 공활한데 높고 구름 없이 밝은 달은 우리 가슴', '오늘 저녁 뭐 먹지? -> 떡… 볶… 이' 따위의 헛소리들이 적혀 있었기 때문이다. 순전히 메모장인가 싶어 다른 문서들을 찾아보았다.

그러나 다른 문서 파일들은 존재하지 않았고, 문서 정보에서 작업 시간을 확인해 보니 분명 나와 함께 카페에 있을 때 타이핑하고 뭔가를 쓰던 게 이 문서 파일인 것은 맞았다. 이게 무슨 상황인가 이해하기까지 잠시의 시간이 필요했다. 그리고 그 잠시의 시간이 지나서 상황의 아귀가 머릿속에서 맞아떨어지며 반짝, 하고 하나의 결론이 떠올랐다.

속았다. 선셋 작가는 지금껏 「맨투맨」 시나리오를 하나도 고치지 않았다. 한 글자도 쓰지 않았다. 단지 쓰는 척을 한 것이었다.

나는 혹시나 싶어 해당 문서 파일의 스크롤을 내리며 여기저기 확인했다. 그런데 그러던 중 문서 끝에서 약 20페이지가량 되는 글을 발견했다. 하지만 역시나 「맨투맨」 관련 글은 아니었다. 그 글은 영화의 시놉시스 같기도 하고 소설 같기도 했다. 이 글을 쓰느라 「맨투맨」은 손도 못 댄 건가, 나는 얼떨떨한 심정으로 읽어 내려갔다.

어느 되바라진 여자가 주인공인 이야기였다. 이야기는 여자가 어떤 남자를 만나면서 시작된다. 남자는 한때 영화 시나리오 작가 지망생이었으나 지금은 거의 폐인이나 다름없이 살고 있는 거렁뱅이였다. 딱히 할 줄 아는 것도 생의 의욕도 없는 한심한 인간인 것이다. 외모는 엉망진창에다가 성격이라도 고우면 모를까 그것도 아니고 속이 배배 꼬여 있다. 이제는 아무도 쓰지 않는 망가진 가전제품 같다. 그가 추구하고 바라는 것은 저 과거의 비디오 데크처럼 오늘날엔 폐기 처분되어야 할 것이다. 세상 모두 그걸 아는데, 본인만 모른다. 주인공인 여자는 이런 남자를 관찰하며 가슴 아파한다. 심성이 고운 여자는 도저히 남자를 모른 척할 수 없다. 심성처럼 외모도 수려한 여자는 작가가 아니었으면 아마도 자원봉사에 매진하는 할리우드 배우쯤 되지 않았을까. 결국 여자는 남자가 자존심 상하지 않도록 슬쩍 다른 명분으로 꼬드겨(꼴에 또 자존심은 있는 남자였다.) 매일 그 남자를 불러냄으로써, 그 남자가 좀 사람답게 살 수 있도록 하나하나 가르친다.

나는 이야기 속에서 묘사되는 남자가 참으로 한심하고 짜증 나고 우스워서 남몰래 낄낄 웃었다. 그러나 바로 다음 순간, 웃음을 멈출 수밖에 없었다. 나는 얼음이 된 것처럼 굳어버렸다. 벼락 맞은 듯 짜릿하면서도, 아랫배 깊숙이에서 뜨거운 무언가가 꿈틀거렸다. 그것은 일종의 배신감이었다. 이야기를 쓰랬더니, 이런 이야기나 쓰고 있었나…….

외모는 엉망진창에다가 성격도 배배 꼬여 있다는 그 남자. 그건 바로 나였다.

선셋 작가가 나를, 나아가 우리의 이야기를 그렇게 묘사하고 있었다.

⑤ 초롱이의 몸속에 잘못된 것이 흐른다

5-1

선셋 작가와 다시 만나서 지금껏 아무에게도 들려주지 않았다는 그의 비밀을 듣게 된 것은 그로부터 일주일이 지나서였다. 그때까지 나는 이전처럼 아침 7시 45분에 눈을 떴지만 딱히 갈 데가 없었다. 그래서 석촌호수 주변에 있는 옥빛 누나의 스티커 사진 매장에 가서 시간을 보냈다.

매장 안엔 사람들이 찍고 간 사진들이 오래된 유물처럼 곳곳에 붙어 있었다. 이쪽을 보고 있는, 저쪽에 있는 사람들. 관처럼 네모난 프레임 속 연출되고 꾸며진 이야기가 그곳에 박제되어 있었다. 그것이 마치 미리 죽음을 흉내 내 보는 작은 유희 같다는 생각이 들었다. 옥빛 누나는 재수 없는 소리 할 거면 매장 청소나 하라며 빗자루를 들려 줬다.

누군가 흘리고 간 과거를 쓸어 담으며 나는 선셋 작가를 생각했다.

일주일 만에 우리의 카페에서 만난 선셋 작가는 초췌해져 있었다. 나는 그날 밤 모텔에서 말없이 떠난 뒤 연락을 받지 않았는데, 선셋 작가는 내가 그 글을 읽었음을 눈치껏 깨닫고 그간 마음고생한 모양이었다.

"죄, 죄송해요."

선셋 작가는 기어들어 가는 목소리로 사과부터 했다. 나는 선셋 작가가 어떤 변명을 하든지 간에, 일단은 처음엔 좀 화난 척을 하다가 이내 내가 정말 외모는 엉망진창에다가 성격도 배배 꼬였냐고 따지고(더불어 왜 본인은 심성도 외모도 수려하게 설정했는지), 그다음엔 그렇담 대체 그 이야기는 앞으로 어떻게 진행되는지 물을 예정이었다. 사실 일주일 내내 궁금했다. 그만큼 그 소설인지 시놉시스인지 모를 이야기는 재밌었기 때문이다. 그 이야기는 마치 거꾸로 재생시킨 음악처럼 그리고 색을 반전시킨 그림처럼 기형적인 형식으로 무언가를 향해 항의하고 있는 것 같았다.

그런데 돌아오는 대답은 예상외였다.

"그건 제가 쓴 게 아니에요."

난 잠깐 멈칫했다가 정색하고 말했다.

"거짓말하지 마세요. 작가님이 쓰신 거잖아요."

"네, 제가 썼는데요. 근데 제가 쓴 게 아니에요."

선셋 작가의 목소리는 처연했다.

그는 금방이라도 울 것 같은 목소리로 더듬더듬 말했다. 나를 만난 이후로 자기가 카페에 앉아 노트북을 열고 문서 창과 마주하게 된 것만 해도 대단한 발전이긴 했다고. 하지만 거기까지였다고. 잘 쓰고 싶었는데, 잘 쓰려고 하다 보니까, 정말로 단 한 자도 써지지 않더라고. 그럼에도 나한테 미안해서 최소한 쓰는 척이라도 했다고. 그러다 이대론 안 되겠다 싶어서 집으로 돌아와 혼자 있을 때라도 한번 글을 써 보려 시도했다고.

그런데 그게 화근이었던 것이다.

"그년. 혼자 있게 되니까, 그년이 또 찾아왔어요. 그동안 잠잠했거든요."

그년은 선셋 작가를 향해 속삭이기 시작했다. 그 속삭임은 소리로 들려오는 것이라기보다는 마치 선셋 작가의 머릿속에 한 글자 한 글자 타이핑되는 것처럼 각인되어 왔다. 그년의 속삭임이기도 하고 문장이기도 한 그것은 선셋 작가가 조금 전에 했던 행위와 생각을 묘사하기도 하고, 지금 막 하고 있는 행위와 생각을 중계하는가 하면, 때로는 앞으로 하게 될 행위와 생각을 예언하기도 했다. 사실상 그 셋은 잘 분간되지 않았다. 그것은 과거와 현재와 미래의 영역을 넘나들었는데, 한편으론 그녀의 진술에 따라 선셋 작가의 과거와 현재와 미래가 결정되는 것 같기도 했다. 한마디로 그녀의 목소리는 절대적이었다.

"그것을, 그녀이 떠드는 그것을, 저는 옮겼을 뿐이에요. 그냥 그대로 적었을 뿐이에요. 어떨 때 그녀은 제 뇌에 깊숙이 있던 것들을 끄집어내서 그걸 확성기에다 대고 외치는 것만 같아요. 제가 머릿속에 묻어 둔 생각들을 억지로 꺼내는 거죠."

말을 잇던 선셋 작가는 서둘러 덧붙였다.

"아, 그렇다고 해서 제가 머릿속으로 여태껏 영호 씨를 외모는 엉망진창에다가 성격도 배배 꼬였다고 생각한 건 아니고요."

선셋 작가는 본인도 어떻게 말을 해야 할지 알 수 없다는 듯 침울한 얼굴이었다. 그녀이 어떻게 자신을 지배하는지 설명하기 힘들어 보였다. 그녀의 목소리를 듣고 있다 보면 자신이 정말 원래부터 그렇게 생각하고 있었던 것인지(즉 그녀이 그것을 끄집어내 준 것인지), 아니면 그녀의 말 때문에 자신이 그렇게 생각하게 된 것인지(즉 그녀이 그것을 만들어 준 것인지) 알 수 없었다.

원인과 결과는 꼬리에 꼬리를 물었다. 그 인과관계의 아득함을 표현할 말을 찾지 못한 선셋 작가는 고자질하듯 토해냈다.

"하여간 그년, 순 나쁜 년이에요."

주위 사람들이 우리를 힐끗거리는 시선이 느껴졌다. 비록 보이지도 않고 만질 수도 없지만 확실히 존재한다는 그년에 대해 떠드는 선셋 작가는 누가 봐도 확실히 미친년 같았기 때문이다.

나는 멍하니 있다가 한숨을 내쉬었다. 이제야 알 것 같았다.

"그년, 아, 그분? 어쨌든 그거 있잖아요."

나는 입을 열었다.

"예전에 작가님이 어떤 글을 쓰는 과정에서, 그때 어디선가 태어나 버린 거죠?"

"아, 네. 그, 그걸 어떻게……."

선셋 작가는 눈을 동그랗게 떴다.

"혹시 이름 있어요?"

나는 그러고 보니 요즘 통 못 듣지 못한 그 수다를 떠올리며 덧붙였다.

"제 거 이름은 프랑켄이거든요."

5-2

초롱이에겐 과도한 양의 남성 호르몬이 흐른다. 「맨투맨」 속 세계에선 그것을 잘못된 것이라고 말한다. 그 세계에선 자기 자신이 누구이며 어디에 속하는지 당당히 말할 수 있는 사람들만이 존재하며, 만약 그러지 못하면 모종의 혐의를 받곤 한다. 어떤 혐의? 우리에게 주어진 그 모든 싸움에서 진심이 아니라는 혐의. 이쪽 편도 저쪽 편도 아닌, 그래서 더러운 피가 흐른다는 혐의.

나에게도 잘못된 것이 흐른다. 하지만 이건 비밀이다. 내가 사는 이 세계도 초롱이의 세계와 크게 다르지 않은 것 같으니. 그래서 나는 혐의로부터 나 자신을 은닉한다. 그게 시작이었다.

프랑켄이 탄생한 건 몇 년 전 정부에서 주관하는 콘텐츠 지원 사업에 참여했을 때였다. 옥빛 누나와 만나게 된 그 사업이었다. 일고여덟 명의 멘티들이 한 명의 멘토 아래에서 한 조를 이뤘는데, 옥빛 누나가 나와 같은 조였던 것이다. 당시 우리 조의 멘토가 바로 피 PD였다. 그러고 보면 나에게 많은 인연을 만들어 준 사업이었는데 정말 소중한 기회였다는 그런 생각은 물론 들지 않는다.

당시 나와 같은 조였던 멘티들은 나를 포함해 두 명을 제외하고는 모두 여자였다. 멘티가 자신이 원하는 1순위 멘토를 지망할 수 있는 시스템이었는데, 그때 사업 내 모든 멘토들 중에서 피 PD가 유일한 여자였고 우리 조의 여자들 대부분이(물론 옥빛 누나는 아니었다.) 바로 그 이유로 피 PD를 멘토로 지망했다. 저마다 여성 영화인을 응원하고 싶어서라든지 창작자로서 여성과의 유대를 더 선호한다든지 각자 다양한 기대를 가지고 있었으나, 사실 피 PD는 그런 기대를 충족시켜 줄 만한 사람이 아니었다. 조끼리 회식을 갖던 날이었다. 나와 함께 단둘이 잠깐 담배를 피우러 나온 피 PD는 가래침을 걸쭉하게 뱉더니 씩 웃으며 내게 말했다.

"우리 조는 왜 이렇게 여자들이 많나? 난 남자가 편하긴 한데. 무섭다."

난 그냥 피 PD를 따라서 어색하게 웃었다. 사실 난 그런 피 PD가 제일 무서웠다. 그날 피 PD는 술을 따르고 싶을 때면 나만 찾았다.

피 PD는 조끼리 모여 에세이 비슷한 글을 쓰고 서로 피드백을 주는 일종의 합평회에도 본인의 일을 핑계로 참석하지 않았다. 그 탓에 결국 우리끼리 그 모임을 진행하게 되었다. 그리고 갈등은 거기서 시작되었다.

사실 정확히 말하면 그건 갈등이라기보단 일 대 다수 간에 벌어진 난동에 가까웠다. 바로 나 말고 다른 남자 한 명으로부터 비롯된 것이었는데, 초록색 뿔테 안경을 쓴 그가 구제불능의 마초였던 것이다.

잠깐, '마초'라고 해서 육체적으로든 외모적으로든 강인하거나 거친 모습의 남자를 상상했다면, 그건 조용히 정체를 감춘 채 살아가고 있는 오늘날 수많은 마초들에 대한 실례일 수 있다. 아닌 게 아니라 그는 보통의 평균 성인 여자보다 키가 작았고 말랐던 것이다. 진지하게 정색하고 말해서 만일 옥빛 누나와 싸움 한판 붙는다면 그는 분명히 질 것이었다.

하지만 그러면서도 그가 쓰는 글에는 아무리 티를 내지 않으려 해도 흔히 말하는 남성성에 대한 열망, 그리고 그와 비례하여 왜곡된 성 관념이 진하게 묻어 나왔다. 당시 사회는 한창 미투운동이 일어나며 세상의 변화를 촉구하던 때였고, 실제로 세상이 변한 것처럼 보이기도 했다. 하지만 그처럼 변화의 목소리가 높아질 때 항상 그렇듯이 한쪽에서 혼자 팔짱 낀 채 '아닌데? 내가 사는 세상은 그렇지 않은데?'라며 힘 빠지게 만드는 사람이 있는 법이었다. 우리의 초록 뿔테가 그랬다. 당연히도 좋은 말을 들을 리 없었다. 그를 향해 폭격과도 같은 비판이 쏟아졌다. 그러나 그는 그것을 자신에 대한 정당하지 않은 대우라 여겼고, 이 시대의 마초답게 스스로를 핍박받는 (그리고 지성적인) 의인 혹은 순교자 정도로 생각하는 듯했다. 이 싸움에서 절대 굴복할 수 없다는 듯 그는 조금도 물러서지 않았다.

옥빛 누나만은 에세이라는 글의 형식을 잘못 이해하고는 해맑게 웃으며 피드백을 해 주긴 했다.

"하하! 여기 나오는 남성 화자 진짜 웃기네요, 병신 같다!"

물론 악의는 없는 옥빛 누나였다. 그럴 때면 초록 뿔테의 얼굴이 시뻘개졌다.

하지만 옥빛 누나를 제외한 다른 이들의 공격은 그에게 먹히지 않는 듯했다. 아아, 그가 여드름 난 턱에 손을 괴고는 마치 '생각이 저리 얄팍들해서야……'라는 듯이 고개를 절레절레 흔드는 그 꼴사나운 모습이란! 본인이 지금 외롭고 치열한 싸움 중이라 여기는 듯했는데 문명사회란 게 그에겐 참 다행이었다. 그렇지 않았으면 싸움은 고사하고 이미 집단 린치를 당했을 것이었다. 일단 나만 해도 그 린치에 참여할 의향이 있었다.

앞서 내가 치성이 형 얘기를 하며 일명 어둠의 스승에 관하여 말을 했던가. 그렇다. 초록 뿔테는 명실상부 나의 스승이었다. 그를 보며 나는 생각했던 것이다.

아! 나는 저러면 안 되겠구나.

나는 예쁨을 받았다. 오롯이 스승의 가르침 덕이었다.

나는 초록색 뿔테 안경을 쓴 스승님이 걸어간 그 길로 가지 않으면 될 뿐이었다. 아니, 나는 그 길로 가지 않음을, 그 길을 부정하고 있음을, 그들에게 보여 주면 되는 것이었다. 아군을 향해 일종의 암구호를 뱉듯 증명하면 되는 것이었다. 물론 직접적이면 안 됐다. 단순히 난 이렇다라는 식으로 대놓고 주장하거나 설파하면 안 됐다. 그건 하수였다.

이야기를 만들 때 가장 중요한 원칙 중 하나, 작가는 말하지 않고 보여 주어야 한다.

그리고 이때의 작가가 꼭 나라는 인간과 동일인일 필요는 없다. 일반적으로 사람들은 글 속의 화자와 글을 쓰는 작가가 동일하지 않다는 것은 잘 이해하고 있다. 하지만 그들이 잘 모르는 것 하나가 있다. 그건 바로, 때로는 그 작가마저 창조될 수 있다는 것이다. 그 작가의 얼굴마저 흉내 낼 수 있다는 것이다.

나는 교묘한 연출을 시도했다. 머릿속에 내가 아닌 또 다른 작가를 상상했다. 그리고 그 작가라면 어떤 문장을 쓰고, 어떤 화자를 통해 어떤 캐릭터로 어떤 사건에 대해 어떤 어휘로 표현할까 고민하며 글을 썼다. 그 작가는 말하자면 우리의 스승님과는 정반대의 이유로 호감을 갖지 않을 수 없는 남성이다. 혹은 호감까진 아니더라도 일종의 정상참작은 된다.

그렇다. 정상참작이다.

처음부터 내가 그렇게 치밀했던 건 아니었다. 시작은 무의식적인 공포 때문에 나도 모르게 그렇게 써 버린 일이었다. 하지만 같은 조 사람들에게 한번 찬사를 듣자 그것은 나의 명백한 지침이 되어 버렸다. 나는 그 지침을 따르지 않을 수 없었다. 더 이상은 공포 때문이 아니었다. 나를 향한 그처럼 따뜻한 박수와 응원 그리고 지지는 생전 처음이었기 때문이다. 축축하고 어둡기만 하던 음지에 햇볕이 스며들기 시작했던 것이다.

다들 나를 좋아했다. 아마 우리의 스승님과 대비되어 나란 인간이 더 돋보였으리라. 그들은 기본적으로 친절하고 배려심 깊은 사람들이었고, 그런 사람들의 호감을 얻는다는 건 정말이지 행복한 일이었다.

프랑켄이 태어난 건 바로 그즈음이었다. 처음엔 글 쓸 때만 잠깐씩 내 주위를 맴돌며 중얼거리던 그 존재가 언젠가부터 글을 쓰지 않을 때도 사라지지 않았다. 그가 하는 말과 사상은 아무런 줏대도 신념도 없이 마치 덕지덕지 매단 훈장처럼 제멋대로였다. 그래서 나는 「프랑켄슈타인」의 괴물을 따서 그를 '프랑켄'이라고 부르기로 했다. 그러면서도 별로 심각하게 생각하지 않았다. 왜냐하면 글은 써지고, 그 글을 결과적으로 다수가 좋아하고 있으니까. 좋아해 주니까. 그럼 된 거니까.

다만 역시나 우리의 옥빛 누나만은 당시 내 글을 읽고 꺼

림칙한 듯 이렇게 말했다.

"아…… 음…… 뭐라 해야 하지……. 좀 왠지…… 느끼하네요."

그것은 비열한 행위인가. 나는 스스로를 향해 묻는다.

하지만 내가 남의 것을 탐하거나 뭔가를 빼앗기 위해서 그러는 게 아니다. 나는 단지 호의와 응원, 지지를 받고 싶은 것이다. 사랑받고 싶은 것이다.

물론 솔직히 말하면 이해되지 않는 것도 많다. 나와는 어떤 의미에서든 정체성이 다른 그들이 느끼는 감정과 사용하는 표현의 본질을, 나는 잘 모르겠다. 다만 앵무새처럼 흉내 낼 뿐이다. 알 것 같다고, 이해할 것 같다고, 그리고 때로는 겸허히 반성이라도 하는 듯이 (혼날 땐 입 꾹 다무는 게 상책이듯) 의도된 침묵도 해 가면서, 소소한 거짓말을 할 뿐이다. 하지만 그게 꼭 잘못되었다고 할 수 있는가. 스포츠의 부정행위나 반칙처럼 무슨 큰 잘못을 한 것인가. 그렇다고 해서 내가 속으로 그들을 조롱하거나 그들에게 격렬히 반대하는 것도 아닌데 말이다. 단지 나는 좀 헷갈릴 뿐이었고, 그러나 그 헷갈림은 잠시 보류한 채, 일단 지금보다는 더 사랑받을 수 있을 모습으로 나 자신을 위장한 것뿐이었다.

근데 어쩌면 그것이야말로 진정 더 비열한 것일 수도 있지 않을까.

나는 스스로를 향해 묻는다.

그리고 이렇게 묻는 행위로써 나에게 일종의 윤리적 정당성을 부여하는 것이 아닌지, 나는 반문한다.

그리고 이렇게 반문함으로써 자기반성을 하고 있다는 식으로 스스로에게 면죄부를 주는 건 아닌지, 나는 의심한다.

그리고 이렇게 의심함으로써 나는 적어도 양심적인 인간임을 넌지시 주장하고 있는 것은 아닌지, 나는 대답을 하는 대신에 또다시 묻는다. 어쩌면 또다시,

아…… 음…… 뭐라 해야 하지……. 좀 왠지…… 느끼하네요.

진실한 나는 진실한 대답을 할 수 있을지도 모른다. 하지만 그것이 진짜 진실임은 과연 누가 판단할까. 아마도 대부분의 사람들은 자신이 진실한지 아닌지 스스로가 제일 잘 알 거라고 생각할 것이다. 하지만 그게 맞을까.

나의 진실을 판단할 자격이 과연 나에게 있을까?

5-3

'빗나간 빼큐' 사건 이후 어엿한 탈수기 역할을 하며 어느

덧 20대 중반이 된 김혜진은 넌 예술을 해야 한다는 압박을 받는 젊은이들이 그렇듯이 욕심이 많고 성격은 모가 나 있으며 입에 욕을 달고 사는 등 보란 듯이 거칠게 살면서도, 속으로는 겁이 많고 마음이 조급한 어느 아이를 숨기고 있었다. 당장 뭔가를 움켜쥐고 싶었다.

졸업할 때가 다가온 그는 졸업 작품으로 단편영화를 찍어야 했다. 그리고 그건 곧 이 일을 계속할지 말지를 결정할 때가 왔다는 뜻이었다. 물론 그 결정을 하는 건 본인이 아니라 영화의 성패일 것이었다.

예술이라고 해서 합격과 불합격에서 자유로운 게 아닌 법이었다. 독립영화의 성공은 결국 몇몇 단편영화제에서 선정되는 것, 즉 심사받고 선택된다는 것과 다르지 않았는데 당시는 감독 자신의 유년 이야기를 담은 유의 영화를 호의적으로 봐주는 흐름이 한창 생겨날 때였다. 그중에서도 특히 여성들의 어린 시절 이야기, 자전적 이야기가 주목받았다. 좋건 싫건 혹은 옳건 그르건, 그건 하나의 트렌드이자 시대의 파도였다. 선택되기 위해선 저 파도를 타야 했다. 그리고 당시 그는 본능적으로 직감했다. 지금 온 파도는 바로 나를 위한 파도임을.

그에게는 꼭 해 보고 싶은 이야기가 있었다. 10대 시절 어느 여름방학 때의 일이었다. 한낮의 땡볕을 피한 나무 그늘 아래에서 맡아지던 그 애의 살 내음, 가슴을 울렁이게 하던 밤바람. 전학 간 학교에서 잠깐 만났던 그 애는 자신과 달리 아무런 구김 없이 항상 싱그러운 여자애였다. 단 한 계절, 그 짧은 시간 동안의 그 일은 시간이 아무리 흘러도 잊히지 않았다. 매년 여름이 올 때면 되살아났다. 그가 글을 쓰고 예대를 지원하게 된 건 순전히 그때의 감정을 표현하고 싶은 욕구 때문이라고 해도 과언이 아니었다.

그때를 오랜만에 떠올렸다. 그 기억 속엔 오해가 있었고, 사랑이 있었으며, 쉬이 아물지 않고 틈만 나면 덧나던 사춘기 시절의 상처가 있었다. 그리고 드디어 그는 그때의 기억을 글로 옮겨 보기로 했다. 그러자 그간 4년제 대학을 5년, 6년 다니면서 어느샌가 구겨진 종이처럼 잔뜩 주름지게 된 그의 마음이 조금씩 반듯하게 펴지는 듯했다. 그렇게 생전 처음 글이란 걸 써 보는 아이처럼 조심스럽게 한 글자 한 글자 적어 가기 시작했다.

하지만 시나리오를 쓰면서 점점 처음과는 달라졌다. 당연할지도 몰랐다. 실제 경험과 가공된 이야기는 서로 엄연히 다른 것이기에. 김혜진도 그것을 모를 정도로 순수하진 않았다. 그런데 그게 실제 경험에서 출발한 이야기이기에 자신을 더 괴롭게 만들 줄은 정말이지 몰랐다.

그의 경험 자체는 주위 사람들에게 좋은 평가를 받았다.

말하자면 그것은 이야기로서 좋은 소재이자 재료, 일종의 씨앗이라는 것이었다. 그들은 자신들이 그 씨앗으로부터 기대하는, 그래서 발아되었으면 하는 결과물을 미리 내다보고 있었다. 그건 당시 독립영화계가 추구하던 흐름, 즉 영화가 10대 사춘기 소녀들의 상처와 핍박을 최대한 예리하고 섬세하게 담아야 한다는 당대의 흐름과도 일맥상통했다.

물론 없는 것을 만들어 내는 차원은 아니었다. 그의 실제 경험과 기억에도 상처와 핍박은 있었다. 그러나 뭐든 극화에 있어서 강조와 생략은 필수였다. 특히나 타인들이 이 이야기를 통해 보고 싶어 하는 그것을 보여 주기 위해선, 이 흐름에 올라타서 주목받기 위해선, 더더욱 일종의 그 니즈 포인트를 노려야 했다. 누가 시킨 건 아니었다. 하지만 그래야 한다고 느꼈다.

그는 과거의 자기 자신을 몰아붙이기 시작했다. 일부러 아프게 했다. 10대의 김혜진을 심한 폭언 아래 세워 두기도 하고 절대 겪어선 안 될 비참한 경험을 하게끔 몰아가기도 했다. 그럴수록 시나리오는 더 처연해졌다. 사람들의 반응은 더욱 좋아졌다. 그런데 글을 계속 쓰면서 가슴 한구석, 몸 안 어딘가에 무언가가 차곡차곡 쌓이며 꿈틀거리는 불쾌한 기분이 들었다. 하지만 무시했다.

가끔 꿈에 10대 시절 자신이 나와서 아무 말 없이 노려보기도 했다. 그는 모른 척했다. 다만 이렇게 중얼거렸다.

이게 다 널 위해서야,

자, 봐 봐,

이제 곧 다들 널 좋아하게 될 거야.

누구를 향한 것인지 알 수 없는 말이었다.

영화는 성공했다.

그가 의도하고 기대했던 평을 사람들이 그대로 했다. 각종 영화제에서 상도 받았다.

그런데 이상한 일이었다. 그는 도저히 자기 영화를 처음부터 끝까지 볼 수 없었다. 영화제 같은 행사에 가서 자신의 영화를 보려고 다른 이들과 함께 앉아 있으려면 속이 울렁거렸다. 구토를 할 것 같아 서둘러 나와야만 했다. 관객들과 만나는 GV 행사는 특히 고역이었다. 그래서 그는 웬만하면 핑계를 대고 GV에 참석하지 않으려 했다.

하지만 꽤 큰 영화제에 자신만을 위한 섹션으로 GV가 마련되자 그때만큼은 참석하지 않을 수 없었다. 업계 사람들도 많고 이 기회에 자신을 어필할 수도 있었다. 그는 예상 질문을 떠올리며 어떤 대답을 해야 할지 생각했고, 그 대답을 하는 스스로의 얼굴과 표정, 말투 따위를 미리 그려 보았다. 그것은 예컨대 이런 영화를 찍은 여성 감독이 취해야 마땅할 어떤 기준에 딱 부합하는 것들이었다.

그런데 GV가 시작되자 몸과 마음이 그의 기대처럼 되지 않았다. 어떤 여자 관객이 영화를 본 소감을 말하던 중 갑자기 자신이 사춘기 때 겪었던 경험을 입에 올렸다. 그러면서 과거에 상처받았던 10대의 자신이 이 영화를 통해서 이제 와 위로받는 기분이라며, 감사하다는 말을 전했다. 뒤이어 다른 여자 관객들도 비슷한 말을 했다. 그들의 표정은 정말이지 진심이었고, 따스했다. 모든 사람들이 이 영화를 통해 하나로 묶여 있는 듯했다.

단 한 사람, 김혜진만 제외하고 말이다. 그는 속이 울렁거려 견딜 수 없었다. 어디선가 웅웅거리는 소리가 들리는 것 같기도 했다. 그는 결국 몸을 일으켰다. 그러면서 죄송하다고, 잠깐 몸이 안 좋아 화장실 좀 다녀오겠다고 말하려고 했다. 그러나 그러지 못했다.

그는 곧바로 토를 하듯이 상체가 굽혀지며 바닥에 주저앉고 말았다. 웩, 웩, 목이 비틀어진 닭 같은 소리를 내면서 연신 헛구역질했다. 하지만 아무것도 나오지 않았다. 다만 끔찍한 악취가, 어디 있었는지 모를 고약한 냄새가 게워져 나올 따름이었다.

그리고 그런 그를 손가락질하듯 깔깔깔 웃는 목소리가 들렸다. 그 목소리는 자지러질 듯이 웃으며 그를 조롱하고 비웃었다. 그는 얼이 빠진 채 주위를 보았다. 하지만 아무도 웃는 이가 없었다. 그는 비로소 그 소리가 자신에게만 들리는 것임을 깨달았다.

글을 쓰면서 가슴 한구석, 몸 안 어딘가에 차곡차곡 쌓이며 꿈틀거렸던 그것. 바로 그년이 튀어나온 것이었다.

5-4

똑똑똑, 노크 소리.

그리고 문이 슬쩍 열리면, 영호의 얼굴이 보인다.

조심스레 방 안으로 들어서는 영호.

방 한가운데, 책상 앞에 초롱이 등을 돌리고 앉아 있다.

영호 미안해.

초롱 (등을 돌린 채 뭔가를 읽고 있다.) 미안하다고?
(근데 뭘 읽고 있는 걸까? 이 소설일까, 아님 이 시나리오일까?) 뭐가 미안한데?

영호 (슬픈 눈으로) 그냥, 다…….

초롱, 읽고 있던 그 종이를 팍! 책상 위에 던진다. 움찔하는 영호.

초롱 불쌍한 척하지 마. 그러면서도 넌 널 너무 사랑하잖아.

영호는 정곡을 찔린 듯,
아니, 어쩌면 그 말을 해 주기를 기다렸다는 듯,
정해진 대사를 한다.

영호 ……넌 이미 내 손을 떠났어.
넌 앞으로 수많은 사람들에 의해 조립되고 해체될 거야.
네 외모도, 성격도, 말투도, 그리고 네가 존재하는 의미도,
이유도, 상징도, 모두,
너와는 상관없는 사람들에 의해 결정되고 말 거야.
……그래서 마지막으로, 미안하단 말을 하려고…….

초롱 (말을 끊는다.) 너 모르는구나, 용호.

영호 영호…….

초롱 미안할 거 없어, 용호야.
왜냐하면 네가 말한 거 그거, 나만 그런 거 아니야.

용호 (영호가 아닌 용호가 되어 어리둥절)?

초롱 나만 그런 게 아니라, 너도 그래. 너도 이미 지금 그렇게 살고 있잖니.

……너도 초롱이잖니.

굳어 버린 용호. 마치 돌처럼 미동도 하지 못하다가…….
정말 돌이 되고 만다.
초롱, 다가가서 돌이 된 용호를 톡 건드린다.
그러자 우스스스 가루가 되어 무너져 내리는, 한때는 용호였던 돌.
초롱은 이젠 용호가 아닌 그 돌멩이들을 발로 툭툭 차 본다.
어디에서나 볼 수 있는, 발에 수없이 차이는 그런 돌멩이들.
초롱은 문득 조금 전 읽던 소설인지 시나리오인지가 쓰인 그 종이를 가져온다.
빗자루와 쓰레받기로 청소하는 것처럼
그 볼품없는 광석의 부스러기들을 종이로 쓱, 쓱, 쓸어 담는다.

쓱, 쓱…….

⑥ 초롱이는 무엇이 옳은 길일지 홀로 고뇌한다

6-1

엑스트라를 전전하는 무명 배우였던 실베스터 스탤론이 배우를 그만 때려치울 생각으로 술이나 처마시다가 우연히 당시 최고의 복서였던 무하마드 알리와 무명 복서 척 웨프너의 경기를 보고 감명받아 3일 만에 영화 「록키」의 시나리오를 쓴 건 유명한 일화다. 이때 아무리 감명받았기로서니 단 3일 만에 그 모든 이야기를 완성시킬 수 있었단 점에서 자연스레 실베스터 스탤론이 작가로서 천부적인 자질을 가지고 있었단 생각이 들기 마련이다.

하지만 그 생각은 틀렸다. 이후 그가 더는 작가로서의 능력을 보여 주지 못했다는 게 그 증거다. 그렇다면 뭘까? 어떻게 그는 3일 만에 「록키」라는 이야기를 쓸 수 있었을까?

무언가에 씌어서이다. 몸속 혈관에 은밀히 잠복해 있던, 말하자면 무언가 잘못된 것에.

완성된 「록키」 시나리오를 본 수많은 영화 제작사들은 자신들에게 시나리오를 팔라며 러브 콜을 보낸다. 그런데 실베스터 스탤론은 간땡이가 부었는지 어처구니없는 조건을 내건다. 본인이 「록키」의 감독과 주연배우를 하겠다는 것이다. 그 조건이 아니면 시나리오를 팔지 않겠다는 것이다. 심지어 당시 한화 약 40억 원에 사겠다는 제안도 거절했다는 얘기가 있다.(말해 두는데 그때는 1970년대 중반이었다.) 흠, 간땡이가 부었다는 표현은 너무 약한 듯하다.

그러다 결국 감독직은 다른 사람이 맡는 대신에 주연배우는 실베스터 스탤론이 한다는 조건으로, 「록키」는 유나이티드 아티스트사에서 초저예산 영화로 만들어지게 된다.

그리하여 실베스터 스탤론은 「록키」의 록키가 된다.

외로워도 슬퍼도 표정 변화 거의 없는 록키.

입에 알사탕 대여섯 개는 넣고 있는 듯 어눌한 발음에 목소리는 걸걸하게 까는 록키.

그처럼 흡사 로봇 같은 연기를 하며 마초란 무릇 이런 남자라는 것을 몸소 보여 주는 록키.

그런 록키의 입을 빌려,

실베스터 스탤론이 말한다.

"그래. 난 아무것도 아닌 놈이야. 하지만 상관없어. 싸움에서 져도 상관없어. 아폴로에게 맞아 머리가 터져 버려도 상관없어. 내가 원하는 건 단지 끝까지 버티는 거야. 만약 내가 끝까지 버틸 수 있다면, 그래서 싸움이 끝나고 벨이 울렸는데도 내가 그 자리에 여전히 서 있을 수 있다면, 나는 살면서 처음으로 나 자신이 쓰레기가 아니라고 느낄 거야."

6-2

나는 실베스터 스탤론처럼 되고 싶었던 걸까. 모르겠다.

다만 하나 분명한 건 미국이 아닌 내가 어린 시절 살았던 인천의 변두리 동네에도 록키는 있었다는 것이다.

나의 록키. 아니, 나만의 록키. 치성이 형.

내가 아홉 살, 치성이 형이 열세 살 때였다. 하굣길에 치성이 형을 괴롭히는 무리가 있었다. 치성이 형과 같은 학년이었던 그들은 앞니 사이로 침이 나가게 하는 법 등 일찌감치 조기교육을 잘 받은 엘리트였다. 찍, 찍, 치성이 형의 등을 과녁 삼아 침이 물총처럼 발사되었다. 치성이 형의 등이 축축해졌다. 치성이 형은 특유의 사람 좋은 미소를 지을 뿐이었다. 그들은 마지막으로 정겨운 인사라도 하듯 치성이 형의 뒤통수를 한 대씩 때리고는 자기들 갈 길을 갔다. 뒤통수를 맞은 치성이 형은 그 덕에 자연스레 꾸벅 인사하게 됐다. 찍, 찍, 꾸벅.

나는 격분했다. 그때 이미 치성이 형은 운동을 배우고 있었다. 나는 치성이 형에게 왜 가만히 있냐고, 저 새끼들한테 본때를 보여 주라고, 플라잉니킥을 갈겨 코피를 내든 암바를 걸어 팔을 부러뜨리든 할 수 있지 않냐고, 치성이 형에게 따졌다.

그런데 치성이 형은 내 머리를 다정히 쓰다듬으며 말했다.

"영호야, 너는 남들 짓밟고 그 위에 서는 게 좋아 보이니?"

쿵. 누군가 내 심장에 펀치를 날린 것 같았다.

해 질 녘이었다. 시간이 멈춘 듯한 순간이었다.

치성이 형은 아주 먼 곳을 보는 사람처럼 말했다.

"나, 쌈박질하려고 이 운동 하는 거 아니야."

치성이 형과 나는 함께 걸어갔다. 해가 지는 방향이었다. 해가 사그라드는 중이었지만, 그래, 선셋이었지만, 나는 전혀 서럽지 않았다. 오히려 자랑스러웠다. 해가 지는 곳으로 간다는 게.

치성이 형의 말은 「록키」 속 그 어떤 명대사 못지않았다. 나, 쌈박질하려고 이 운동 하는 거 아니야. 나는 슬쩍 치성이 형의 등에 손을 올렸다. 그러곤 등에 묻은 침을 몰래 닦아 주었다. 더럽다는 생각은 들지 않았다. 이 축축한 것들은 모두 치성이 형이 자신의 꿈을 위해 흘리는 일종의 땀이라고 생각했다.

그로부터 약 20년 후, 그렇게 땀 흘린 결과로 격투기 선수가 된 치성이 형은 한 경기당 50만 원의 파이트머니를 받았다. 그것도 이긴다는 조건이었고 만약 지면 30만 원이었다. 경기는 1년에 한 번, 많아야 두 번 잡혔다. 하지만 선수로선 새삼스레 파이트머니가 너무 적다는 말을 운운할 분위기가 아니었다. 안 그래도 경제불황이었다. 치성이 형이 경기를 뛰던 MMA 단체의 대표는 이런 말을 공공연히 하고 다녔다. 야, 고작 그 몇 푼의 파이트머니가 중요해? 대신에 너희들한테 무대를 주잖아! 싸울 수 있게 해 주잖아!

치성이 형은 돼지갈비를 구우며 흡사 남 일 말하듯이 나에게 이런 사정을 담담히 전했다. 언젠가 치성이 형의 경기가 있던 날, 형이 응원하러 와 줘서 고맙다며(물론 난 경기 내내 잤지만) 술을 사겠다고 나선 자리였다. 다행히 형은 이겨서 50만

원을 받았다. 우리는 돼지갈비 4인분에 소주 네 병을 마셨다. 총 10만 원 정도 나왔다. 나는 마땅히 반반씩 내려 했다. 그런데 계산하려고 보니 형이 이미 계산한 뒤였다. 나는 생각했다. 오늘 형의 주머니에 있는 돈은 이제 40만 원이겠구나.

가게 밖은 이미 캄캄한 밤이었다.

그때 돌연 형은 20여 년 전 어느 날 그랬듯이, 아주 먼 곳을 보는 사람처럼 말했다.

"나, 돈 벌려고 이 운동 하는 거 아니야."

물어본 적도 없는데, 굳이……. 시간이 멈춘 듯한 순간이었다.

하지만 20여 년 전과 달랐다. 하나도 멋있지 않은 대사였다. 나는 역시나 하나도 멋있지 않은 대사로 형에게 되묻고 싶어졌다.

그럼 뭔데? 돈은? 돈은 그냥, 주면 좋은 거야? 아님 말고?

하지만 내가 그 정도로 못된 배역은 또 아닌지라 차마 입 밖으로 그런 대사를 내진 못했다.

함께 걷던 우리는 갈림길에서 헤어졌다. 나는 택시를 잡다가 문득 치성이 형 쪽을 보았다. 버스 정류장에서 버스를 기다리는 형의 뒷모습이 보였다. 그런데 형의 등 쪽에 뭔가 거뭇한 게 보였다. 뭔가가 묻어 있었다. 잘 보니 침 같았다. 왠지 그런 거 같았다. 누군가가 뱉은 침으로 형의 등이 흠뻑 젖어 있는 것이다. 그러나 닦아 줄 마음은 들지 않았다. 어린 시절과 달리 이제 잘못은 침을 뱉은 쪽이 아니라 침을 맞은 쪽에 있었다. 그리고 형은 그냥 고개를 조아릴 따름이다. 형도, 나도, 격분할 일도 따질 일도 없었다. 그냥,

찍, 찍, 꾸벅.

다만 옛날과 달리 이번엔 조금 서러웠다.

옥빛 누나도 비슷한 말을 들은 적이 있다고 했다.

옥빛 누나가 대학교 3학년 때였다. 누나는 이미 그때부터 이곳 예술대학에서 까딱 잘못하면 공포의 탈수기들 사이에서 통돌이 속 빨랫감처럼 이리저리 굴러다니다가 종국엔 축축하고 냄새나는 덜 마른 빨래가 되어 이 사회에 뱉어질 수도 있겠다는 예상을 어렴풋이 하고 있었다.

그래서 학과 술자리에서도 심드렁히 있었다. 최고령 선배라고 해 봐야 이제 갓 20대 중반 문턱을 넘은 아해들이 세상의 모든 불행에 통달한 표정으로 담배를 피우며 신입생들에게 불행을 전염시켰다. 그렇다. 아직 술집에서 담배를 피울 수 있었던, 그런 시절이었다.

술자리를 주도하는 건 머리를 어깨까지 장발로 기른 남자 선배였다. 수염을 자르지 않고 삐쩍 말라 옥빛 누나는 내심 생활이 어려운가 보다, 불우한 학우구나, 하며 동정했는데 그

게 나름 의도된 패션과 콘셉트라는 걸 뒤늦게 깨닫곤 경악했다.

더불어 그 선배는 편집증적인 화법을 구사했는데, 예컨대 아무도 모르는 마이너한 서브컬처 쪽 지식들과 유럽의 혁명 운동가들을 조합한다든지, 주어와 술어에 서로 어울리지 않는 걸 집어넣거나 번역투의 대사를 써서 짐짓 문장을 더럽게 한다든지, 아무튼 의도적으로 그렇게 말하고 글을 씀으로써 자신이 일종의 힙스터라고 믿는 자였다. 특별해지고 싶다는 발버둥. 화목한 양지에서 자랐기에 힙할 수 있는 자격을 박탈당한 옥빛 누나는 그놈의 힙스터가 뭔지 이해하기까지 3년이 걸렸다고 한다. 어쨌든 힙스터가 되기 위해 무진장 노력하면서도 '흐음? 힙스터가 뭐지?' 하는 그의 오묘한 표정을 볼 때면 참으로 견디기 힘들었다고 한다.

그날은 그 힙스터 지망생 선배가 자신이 한 문예지로부터 청탁받은 소설을 쓰는 중이라며 지난 세 달간 지겹게 떠들고 우려먹은 그 소설을 드디어 탈고한 날이었다. 그리고 그때, 그는 기어이 (옥빛 누나의 표현대로라면) 그 개 같은 대사를 하고 만 것이었다.

"나, 돈 벌려고 글 쓰는 거 아니야."

물어본 적도 없는데, 굳이…….

그리고 옥빛 누나는 나와는 달랐다. 똑같은 상황이었으나 나와 다르게 아주 충분히 못된 배역이었다고나 할까. 그래서 그런 대사쯤은 망설임 없이 내뱉을 수 있었달까. 마치 기다렸다는 듯.

"그럼 뭔데요?"

모두의 시선이 옥빛 누나에게 집중됐다.

"돈은 그냥 뭐, 주면 좋은 거예요? 아님 말고?"

공교롭게도 당시 힙스터 지망생 선배가 받은 원고료도 50만 원이었다고 한다. 물론 옥빛 누나 이전엔 아무도 그에게 원고료가 얼마인지 묻지 않았다. 왜냐고? 얼마인지가 뭐가 중요해!

대신에 지면을 주잖아! 글 쓸 수 있게 해 주잖아!

하지만 우리의 옥빛 누나는 아랑곳 않고 계속해서 여러 못된 대사들을 두두두 쏟아 냈다. 그러자 또 다른 나이 많은 선배로, 최근 한 월간 문예지로부터 고작 몇 푼의 원고료를 받는 대신 명망 높은 해당 문예지의 1년 치 정기 구독자가 되는 명예를 얻게 된 자가 맥주를 원샷하더니, 참으로 점잖게 말했다.

"너 다신 이 모임에 나오지 마, 이 나쁜 년아."

그걸 bitch의 탄생이라고 할 수 있으려나.

옥빛 누나는 그처럼 불행을 자랑스러워하며 또 추구하던 이들이 정말로 불행해지는 모습을 지켜보았다. 아니, 불행을 자랑스러워하며 추구했기에 결국은 원하던 대로 불행해질 수 있었던 걸까? 모를 일이다.

옥빛 누나는 그들이 애초에 뭘 원했는지 이해할 수 없었다. 어쩌면 그들 본인도 그것이 무엇이었는지 잊었을지 모른다. 혹은 아예 그것이 존재했다는 것 자체를 잊었을지도 모른다.

이후 옥빛 누나가 정부에서 주관하는 콘텐츠 사업에 지원한 건 이 판(이게 대체 무슨 '판'인지, 무용하게 나무들을 낭비하는 게 이 '판'의 본질은 아닌 건지 싶었지만)을 떠나기 전에 마지막으로 정부의 눈먼 돈이나 받아먹자는 생각에서였다.

그야 돈은 물론, 주면 좋은 거니까 말이다.

6-3

옥빛 누나가 정부의 눈먼 돈을 잘 받아먹던 그때, 나는 내가 탄생시킨 프랑켄과 동거를 시작했다. 그리고 무릇 모든 동거가 그렇듯 서로 간의 세력 다툼이 시작되고 말았다.

사업 내의 합평 모임은 이제 에세이를 쓰는 단계를 넘어 스토리 기획안을 내는 단계로 접어들었다. 나는 그 전까지 다른 사람들 몰래 나 혼자서만 끄적이던 이야기들을 살펴보았다.

제목이 없는 이야기들이었다. 나는 그 이야기들에 제목을 붙일 수 없었다. 당연한 일이었다. 마치 목격한 적 없는 사람의 몽타주를 그리는 일이 불가능한 것처럼 말이다. 나는 몽타주의 모델일 그 사람을 아직 찾고 있었다. 안개 속을 더듬으며 추격하는 중이었다. 이야기들은 그 과정의 기록이었다. 그 과정이 완결되어야만 제목이 지어지는 것이었다. 따라서 섣불리 세상 밖으로 그들을 내보낼 순 없었다. 가둬 둬야 했다. 그러니 일단은 이목구비 없이, 제목 없이, 그저 최소한의 숫자로 이야기들을 구분하는 게 고작이었다. 잘 알다시피.

1-1, 1-2, 2-4, 4-6, 6-3…… 말하자면 그것은 일종의 수형번호와도 같았다. 그것은……,

"놀고 자빠졌네."

프랑켄이 팔짱 낀 채 한숨을 쉬었다. 그리고 단호히 말했다.

"정신 차려. 이런 거 제발 하지 마. 이걸 누가 좋아하겠니?"

음, 딱히 할 말이 없었다. 왜냐하면 프랑켄뿐만 아니라 합평 모임의 다른 멤버들 반응도 그리 좋지 않았기 때문이다. 그들은 그 번호만 달린 이야기들을 쉽사리 이해하지 못했다. 그래서 처치 곤란한 학생의 담임을 맡게 된 선생님처럼 난처한 표정으로 물어 왔다.

"영호 씨는 이 이야기를 통해 하고 싶은 말이 뭐예요?"

음, 딱히 할 말이 없었다. 왜냐하면…… 나도 그게 뭔지 모르니까.

하고 싶은 게 없는 건 아니었다. 있기는 했다.

내가 영화 「록키」를 좋아한다고 하면 사람들의 반응은 다 비슷했다. 그들은 '알 만하다'는 표정을 지었다. 아아, 하고 고개를 끄덕이며, 「록키」가 어떤 영화인지, 그래서 내가 어떤 사람인지 모두 파악했다는 듯이. 「록키」를 좋아하든 싫어하든, 심지어 잘 알든 모르든, 그랬다. 그리고 그때부터 그들은 갑자기 어떤 권력이라도 부여받은 것 같은 태도를 취했다. 때문에 나는 어느샌가부터 그런 말을 하지 않게 되었다. 내가 좋아하던 것들을 꽁꽁 숨겼다. 모두에게 무해한 보편의 취향을 덧칠해, 그것들이 보이지 않게 했다. 예컨대 이런 것들을.

영화 초반, 삼류 복서인 록키는 한심한 하루를 보낸 끝에 밤의 뒷골목을 걷는다. 그러다 아는 열두 살짜리 동네 여자애가 불량배들과 어울리며 담배를 피우는 걸 목격한다. 록키는 여자애를 빼내어 집으로 데려다주며 열정적으로 말한다. 그렇게 나쁜 말을 쓰고 담배를 피워 대면 이도 노래지고 입에서 안 좋은 냄새가 날뿐더러 나중에 창녀가 될지 모른다. 이런 무식한 소리로 시작한 터프가이의 연설은, 네가 그러니까 남자 친구가 없는 거라는, 열두 살 여자애에게는 창녀라는 소리보다도 더 모욕적일지 모를 말을 하고, 이내 사람은 함께 어울리는 사람이 중요하다, 난 네가 잘됐으면 좋겠다, 거기서 빠져나와라, 라는 식으로 일장 연설을 한다.

한참 떠들다 이윽고 여자애의 집 앞에 도착한다. 문 앞에 선 여자애는 다 알아들었다는 듯 차분한 표정으로 입을 연다. 굿나잇, 록키. 그리곤 집으로 쏙 들어가면서 내뱉는 한마디. 좆 까, 음침한 새끼.

벙찐 표정의 록키. 마초답게 표정 변화도 없다. 어눌한 말투의 록키는 주뼛주뼛 물러난다. 그리고 이렇게 중얼거린다.

그래, 내가 뭐라고…….

외로워하지도 슬퍼하지도 않은 채, 로봇처럼 걸으며 아무도 없는 필라델피아 밤거리의 어둠 속으로 사라지는 록키. 그날은 어쩐지 추석인 거 같다. 추석 밤 같다. 왜냐고? 모른다. 그냥, 모두가 함께 있는 척 거짓 연기를 하지만 실은 모두가 혼자인 그런 밤 같다. 그게 추석 같다.

"……응. 그래. 그래서, 하고 싶은 게 뭔데?"

여기까지 내 얘기를 들은 프랑켄은 하품을 하며 물었다. 나는 그 물음이 이렇게 들렸다. 좆 까, 음침한 새끼. 내가 대답이 없자 그는 그럴 줄 알았다는 듯, 알 만하다는 듯, 그렇게 고개를 끄덕이며 내 멱살을 잡았다.

"그건 때려치우고. 자, 내 이야기 좀 들어 봐."

그게 「맨투맨」의 시작이었다. 여고생, MMA 격투기, 여성 스포츠, 호르몬 이슈, 페미니즘 등 프랑켄이 눈을 번뜩이며 모아 온 이 시대의 키워드들이 「맨투맨」의 시작이자 끝이요, 어떻게 보면 전부였으며 심지어는 「맨투맨」이 이 세상에 존재해야 하는 목적 그 자체였다.

가장 먼저 프랑켄은 내게 백지인 흰 문서창에 1부터 8까지 쓰라고 했다. 총 여덟 개의 항목을 만들라고 했다. 왜 그러느냐고 묻자 그냥 묻지도 따지지도 말고 만들라고 했다. 나는 묻지도 따지지도 않고 만들었다.

① ____________________

② ____________________

③ ____________________

④ ____________________

⑤ ____________________

⑥ ____________________

⑦ ____________________

⑧ ____________________

그 여덟 개의 항목들은 각각이 일종의 이야기 시퀀스였다. 숱한 영화 작법서에서 말하듯이, 하나의 시퀀스가 하나의 주요 내용을 다룬다면 상업영화는 총 여덟 개의 시퀀스 집합으로 구성되어 있다는 것이었다. 그건 건물을 지을 때 철골이 단위 면적당 몇 개 필요한 것과 크게 다르지 않은 원리였다. 이야기라는 건축물의 설계도이자 상품으로서 실패할 일 없는 매뉴얼이요 레시피였다.

뒤이어 프랑켄은 각 시퀀스마다 어떤 제목을 붙일지 불러 주었다. 이에 나는 깜짝 놀라, 그럼 넌 벌써 시퀀스별로 그 안에 들어갈 이야기들을 다 생각해 놨냐고 물었다. 프랑켄은 닥치고 우선 제목부터 쓰라고 했다. 그게 프랑켄의 방식이었다. 프랑켄은 말했다.

꼭 목격해야만 몽타주를 그릴 수 있는 건 아니다. 이목구비가 어떻게 생겼는지 몰라도 된다. 아무튼 눈이 있어야 할 자리에 눈이 있고 코가 있어야 할 자리에 코가 있으면 되는 거 아니냐. 「맨투맨」 속 초롱이가 고난을 겪는다는 게 중요하지, 초롱이가 어떻게 고난을 겪는지, 뭐 K드라마 전매특허로 포장마차에 앉아 분홍 볼터치한 채 소주에 취해 노래를 부르든(초롱이가 로코의 여주인공 역할을 해 줘야 할 수도 있고) 뜨거운 용암이 들끓는 화산 분화구 위 아슬아슬하게 걸쳐져 있는 다리에 있든지(「맨투맨」이 「반지의 제왕」 같은 판타지 장르가 될 가능성도 염두에 둬서) 따위는 그다음 문제이고, 열심히 훈련하고 노력한다는 게 중요하지 무슨 훈련을 구체적으로 어떻게 하는지 등은 알 바 아니란 것이다. 그러니 내용이 없어도 제목을 먼저 붙일 수 있는 것이다. 의미가 없어도 제목을 우선 지을 수 있는 것이다. '맨투맨'이 무슨 뜻인지 따위, 묻지도 따지지도 마라.

그처럼 프랑켄은 나에게 네가 나서서 뭔가를 만들려고 하지 말라고 했다. 창작이나 창조 같은 허황된 단어는 그만 잊으라고 했다. 새롭게 뭔가를 탄생시키는 것이 아닌, 이미 사람들이 가지고 있던 그것, 그것을 그냥 제공하면 되는 것이라고 했다. 그들이 배설한 그들의 욕망과 혐오를 다시 그들에게 먹이면 된다고 했다. 초롱이의 얼굴은, 그 이목구비는 바로 그렇게 결정될 터였다.

어째서인지 나는 수치스러웠다. 하지만 프랑켄의 뜻을 따랐다. 그에게 반박할 논리를 나는 가지고 있지 못했다. 그런데 그렇게 하여 완성된 「맨투맨」의 이야기 기획안이 합평 모임에서 호평받은 것이었다. 나를 거들떠보지도 않던 피 PD도 내게 관심을 보이기 시작했다.

솔직히 기뻤다. 마치 그들에게 나란 사람이 이해받고 받아들여진 기분이었다. 그 전에 이미 그들로부터 한번 받아 본 인정이자 겪어 본 기쁨이기에 더 익숙했고, 더 달콤했다. 놓치고 싶지 않았다. 그런데 내 안의 목소리가 딴지를 걸었다. 지금 네 기쁨은 부당한 기쁨이라고. 네가 이해받고 받아들여진 게 아니라고, 왜냐하면 그 이야기가 네 것이 아니기 때문이라고. 이해받고 받아들여진 건 네가 아닌 다른 무언가라고. 너

랑은 상관없다고.

나는 그렇담 그 내가 아닌 다른 무언가가 되기로 했다. 그럼 이 기쁨도 부당하지 않은 거겠지, 나에게서 기쁨을 빼앗아 가려는 것이야말로 부당한 것이다, 중얼거리며, 혹은 다짐하며, 나는 프랑켄이 써 준 그 얼굴 없는 여덟 개의 제목들을 다시 읽었다. 단언컨대, 이것이 이야기의 전부였다.

① 외톨이 초롱이는 매우 힘들게 살고 있었다.
② 초롱이에게 새로운 기회가 찾아온다.
③ 초롱이는 존나 존나게 노력한다.
④ 초롱이는 이기지만, 그것은 실은 가짜 승리다.
⑤ 초롱이의 몸속에 잘못된 것이 흐른다.
⑥ 초롱이는 무엇이 옳은 길일지 홀로 고뇌한다.
⑦ 초롱이는 자신의 길을 선택한다.
⑧ 초롱이는 싸우고, 이긴다.

6-4

피 PD가 묻고, 내가 대답했다. 적어도 형식적으론 그랬다.
"제목의 뜻이 참 좋아. 이걸 뭐라고 해석할 수 있을까? 가만 있어 보자, 결국 맨투맨(Man to Man)이란 게…… '인간 vs 인간'이란 거지? 인간끼리의 싸움. 그런 의미잖아? 그치?"

"아…… 네."

"그러니까 여성이 아니라 한 명의 인간으로 보자, 뭐 그런 거네?"

"아…… 네."

"우먼(Woman)이 아니라 맨(Man)이라는 거잖아. 똑같은 인간, 평등하게, 동등하게, 그치?"

"아…… 네."

피 PD는 흡족한 미소를 지었다. 이번 정부 지원 사업에선 한 건 건졌다는 표정이었다. 그는 열정적으로 「맨투맨」 시나리오를 개발하기 시작했다.

"영호야, 이야기의 주인공에게는 뭐든 욕망이 있어야 해. 초롱이의 욕망은 뭐야? 뭐? 뭐라고? 타인에게 이해받고 싶긴 하지만 동시에 침범당하고 싶지는 않기에 스스로 지키려 하는 모순 속에서…… 그게 말이야 당나귀야. 그건 욕망이 아니야. 그렇게 술에 술 탄 듯 물에 물 탄 듯하면 안 돼. 뭐다!라고 딱 정해서 가야지. 초롱이의 욕망은, 싸우고 싶은 거야. 왜냐고? 싸우고 싶으니까! 싸워야 하니까! 자, 이렇게 가자!"

그래서 그렇게 가기로 했다. 나의 욕망 위로, 지우개로 지우고 다시 쓰기를 반복해서 흐릿하고 너덜너덜한 나의 욕망 위로 가독성 좋게 술술 읽히는 초롱이의 욕망이 칠해졌다. 초롱이는 싸우고 싶다.

"영호야, 이야기에서 뒤처리하기 번거로운 캐릭터 있잖아? 예를 들면 악당, 빌런 이런 애들? 그런 애들은 그냥 없애 버려. 할리우드 영화들도 그렇잖아, 빵! 총 한번 쏴 버리고 끝낸다고."

"초, 총이요? 하지만 인생에선 아무리 총이 등장한다고 해도……."

"시끄럽고. 한국이니까 총은 안 되잖아. 그냥 무대에서 퇴장시켜 버려. 그래야 보는 사람도 깔끔해. 세상에 누가 뒷맛이 찝찝한 이야기를 좋아하겠어? 없애, 그냥! 죽여, 전부! 유 킬 유 다이!"

욕망 넘치는 피 PD는 당장이라도 누굴 죽일 것 같았다. 빵!

피 PD는 이미 장년에서 노년으로 향해 가는 나이였지만 언제나 에너지가 넘쳤다. 그의 활력은 내가 버스에서 종종 보던, 피 PD와 같은 세대의 등산객들을 보았을 때 느끼던 인상을 떠올리게 했다. 자취하는 지역이 관악산 근처인 탓에 나는 그들을 마주치고 싶지 않아도 마주쳐야만 했다.

활력을 뽐내는 형형색색의 환한 등산복을 입은 채 좋은 공기를 마시고 땀 흘린 사람 특유의 호연지기를 가득 내보이는 그들이 어째서 버스에 올라타자마자 호다닥 부리나케 좌석에 앉으려 하는지, 또한 어째서 그들이 노약자석에 앉는 건지, 나는 이해되지 않았다. 그들은 설령 노(老)할지언정 약(弱)하지는 않았다. 그들은 강했다. 최소한 나보다는, 그리고 나랑 같은 세대의 청년들보다는.

평일이든 주말이든 산에 오른 뒤 낮부터 술 한잔할 수 있는 시간적 정신적 여유와 그것을 뒷받침해 주는 사회적 물질적 기반은 물론이고, 자랑스레 걷어 올린 바지 밑으로 보이는 탄탄한 종아리 근육과 불륜의 경계를 아슬아슬 줄타기하며 성적 긴장감을 만끽하는 체력, 그런 온몸에서 풍기는 진한 호르몬의 내음. 자신들이 살아 있는 유기물임을 선언하는 듯한 그 체취가 바로 그들이 우리 사회의 최강자임을 증명하는 것이었다.

그에 반해 나는, 나랑 같은 세대의 청년들은 병든 닭마냥 버스 손잡이에 간신히 몸을 맡긴 채 껍데기만 있는 것처럼 무력했다. 아직도 저 노강자(老强者)들의 보살핌이 필요한 영유아인 것처럼. 대신에 일찌감치 늙어 버린 영유아다. 아무런 욕망도 없이. 총을 쥐여 준다 해도 누구 하나 죽일 힘 없이.

욕망도 누구 하나 죽일 힘도 충분했던 피 PD가 원래 가장 눈독을 들이던 이는 옥빛 누나였다.

피 PD는 옥빛 누나가 요즘 세상이 원하는 여자 창작자라는 칭찬을 자주 했다. 이제 우리에게도 저런 여자상이 필요하다는 것이다. 할 말은 하는 싸가지 없는(할 말을 하는 게 어떤 논리로 싸가지 없는 것과 이어지는지는 모르겠으나), 그런 매운맛의 젊은 여자. 피 PD는 옥빛 누나가 대충 개발새발 쓴 글 가지고도 한국 문학의 새 얼굴이라느니, 스토리텔링계의 새 이름이라느니(역시 세상은 언제나 새것을 원한다.), 아무튼 책의 띠지나 영화의 예고편에 Ctrl+C+V로 쓰이는 수식들을 붙여 주었다. 난 어쩌면 피 PD는 옥빛 누나가 레즈이기를 바랐을지도 모른다는 생각도 들었다. 그게 아님 남들에게 레즈처럼 보이거나.

반면 피 PD의 칭찬을 들을 때마다 옥빛 누나는 얼굴에 웬 새똥이라도 맞은 표정을 지었다. 그리고 결과적으로 피 PD와 일하게 된 사람은 옥빛 누나가 아니고 나였다.

그런 피 PD 밑에 나처럼 젊은 작가나 어린 연출 지망생들이 여럿이며 그들 중에는 이미 젊지 않게 된 이들도 수두룩하다는 사실은 나중에야 알았다. 피 PD는 그들에게 꿈과 희망을 너무 체하지 않게 야금야금, 흡사 흉년기의 민중들에게 구황작물 주듯 가끔은 생활비를 주고 가끔은 밥을 사 주며 그들을 관리했다. 시나리오 아이템 하나를 붙잡고 있다 보면 5년은 금방이었다. 피 PD는 지금은 거장이 된 감독들의 핫바리 시절을 본인이 지켜봐 왔음을 강조하며, (박)찬욱, (봉)준호,

(최)동훈이가 얼마나 고생했는지, 그러면서도 포기하지 않았는지를 술자리 때마다 얘기했다.

그렇게 자기만의 왕국, 거의 사단이라 해도 될 만한 인력이 피 PD에겐 상시 있었다. 가능성 있던 시기도 지나가고 더 이상 이 업계에서 신선하지도 않은 누군가가 못 버티고 나가도 괜찮았다, 다시 젊은 피로 수혈하면 되니까. 피 PD는 젊음을 흡혈했고, 흡혈당한 젊은이는 젊음을 잃은 채 이른 나이부터 양갱 같은 주전부리에나 의지하며 연명하게 된 것이다. 그들을 향해 피 PD는 산을 오를 때 반대편에서 내려오던 등산객들이 흔히 하는 것처럼 구라를 치곤 했다.

조금만 가면 정상이야! 거의 다 왔어, 한 번만 더 수정하자. 한 번만 더 고쳐 보자. 알지? 찬욱, 준호, 동훈이, 레츠 고! 컴 온!

"네가 아니면 나였겠지?"

옥빛 누나는 그때를 회상하며 말했다. 옥빛 누나는 마치 본인을 대신하여 내가 피 PD에게 흡혈당하기라도 한 것처럼 내게 어떤 부채감이 있는 듯했다. 미안해하는 걸까. 그래서 나를 신경 써 주고 잘해 주는 걸까.

하지만 나는 생각한다. 설령 내가 없었더라도 옥빛 누나는 피 PD에게 호락호락 흡혈당하지 않았을 거라고. 옥빛 누나는 그런 인간이 아니라고. 나 같은 인간이니까 피 PD의 보살핌을 받은 거라고. 나 같은, 그리고 선셋 작가 같은 인간이니까, 길 잃은 망망대해 한가운데서 해갈하기 위해 기어이 바닷물을 마시듯이 그가 주는 꿈과 희망을 어쩔 수 없이 받아먹을 수밖에 없었던 거라고.

6-5

"너 요즘 뭐 하고 다니냐?"

옥빛 누나가 물었다. 우리는 석촌호수 주위 산책길을 나란히 걷는 중이었다. 가로등이 하나둘씩 켜지는 길 위로 가족, 연인, 친구와 함께 삼삼오오 나온 사람들이 보였다.

옥빛 누나로부터 만나자는 연락을 받았을 때 나는 한창 나의 프랑켄과 선셋 작가의 그년에 대해 생각하고 있었다. 그들에게서 벗어나는 게 가능한지에 대해 생각하고 있었다. 그들은 흉측한 문신처럼 우리에게 너무 진하게 배어들었다. 혹은 더러운 티눈처럼 우리에게 너무 깊게 박혀 버렸다. 한데 그런 나를 빤히 읽어 내린 듯 옥빛 누나가 이렇게 물어 오는 것이었다.

"너 요즘 김혜진 만나니?"

놀랄 거 없어. 네 얼굴 보면 다 아니까. 탈수기 곁에 있으면 그렇지. 바다에서 표류하다 바닷물 마시게 된 조난자 같은 얼굴이지. 응? 어떻게 아냐고? 왜냐하면 나도 그랬으니까.

나도 그랬어. 나도 한동안 탈수기 덕에 고생깨나 한 적이 있었단 거야. 물론 탈수기들에 동화되었다는 건 아니야. 하지만 어떤 식으로든 영향을 받아 버린 거지. 그들의 소용돌이에 휘말려, 나도 모르게 그들이 쓰려는 글들을 흉내 내기도 했지. 그리고 결국은 내가 어떻게 됐는 줄 알아?

야, 집중해. 난 지금 너한테 얘기하는 거야, 너한테. 지금, 바로 너.

나는 다 꼴 보기 싫어졌어. 소설이 꼴 보기 싫어졌어. 세상의 모든 소설은 딱 둘로 나뉘는 것 같았지. 남에게 상처 주는 소설, 그게 아니면 자기가 받은 상처를 자랑하는 소설. 그런데 후자의 소설도 결국은 자기가 받은 상처를 자랑함으로써 남에게 상처를 주는 것 같았어. 그러니까 결과적으로 매한가지인 거야. 생각이 거기에 이르니 소설뿐만이 아니라 소설을 쓰는 사람들도 꼴 보기 싫어졌어. 왜냐하면 나는 똑똑히 봐 왔잖아, 실제로 어떤 인간들이 어떤 소설을 써내는지. 그들이 소설을 통해서 어떻게 스스로를 변명하고 위장하며 변호하는지. 동시에 어떻게 타인을 조롱하고 책망하며 엄벌하는지.

그러니까 막 화가 나는 거 있지. 이상한 일이야. 걷잡을 수 없을 만큼 화가 났어. 소설을 쓰는 게, 글을 쓰고 이야기를 만드는 게 무슨 대단한 일인 것처럼 추켜세우는 사회도 갑자기 너무 미운 거야. 그리고 지가 작가라면서 예를 들면 김영하 같은 소설가들을 은근히 깔보면서 결국은 포스트 김영하가 되고 싶어 하는 놈들이나, 젊으나 늙으나 무슨무슨 주의자라며 끼리끼리 뭉쳐서 서로를 핥아 주기 바쁜 놈들이나, 눈 뜨고 봐줄 수 없더라고. 더불어 글쓰기를 통해 자기 치유를 한다, 힐링을 한다, 진정한 나를 찾는다, 자아를 찾기 위해 '나'의 이야기를 해 보자…… 뭐 그런 소리들도 짜증 났어. 다 개소리들 같았어. 그런 문장들이 SNS나 인터넷에 그럴듯한 무해한 디자인으로 나돌고 그런 유의 유료 강의들이 개설되는 게 견딜 수 없었어. 할 수만 있으면 그런 말을 떠드는 한 사람 한 사람을 찾아가서 반박하고 싶었어. 조롱하고, 상처 주고 싶었어.

그런데 그러다가 깨달은 거야. 그런 내가 얼마나 꼴 보기 싫은지. 이 모든 걸 꼴 보기 싫어하는 내가, 그런 내가 존나 존나게 꼴 보기 싫은 거야. 그래. 가장 꼴 보기 싫어진 건 다름 아닌 나였어. 세상에 웬 똥 냄새가 이리 풀풀 나는가 했는데 알고 보니 내 인중에 똥이 묻어 있었달까? 나는 당황했어. 내가 대체 왜 이렇게 되어 버린 거지? 그리고 주위를 둘러보다 알게 됐어.

나는 소용돌이에 너무 깊이 들어와 버린 거야. 너무 깊게 사랑해 버린 거지.

응? 꼴 보기 싫어졌다면서 또 뭔 놈의 사랑이냐고? 이상한 말이지만 나한텐 그 둘이 비슷해. 뭔가를 조롱하고 비꼬는 사람은 사실 그 뭔가를 진심으로 사랑했던 사람일지도 몰라. 아니 정확히 말하면, 그 사람은 사랑함으로써 사랑받고 싶어 했던 사람일지도 몰라. 그런데 원래 햇볕을 받아야 할 식물이 음지에서 자라면 그 나름의 적응을 하며 변형되듯이, 사랑을 양분으로 원했지만 사랑 대신 다른 걸 먹기 시작하며 기어이 참으로 꼴 보기 싫어지는 거야.

그러니까 너무 사랑하지도 말라는 거야. 사랑받고 싶어 하지도 말고. 너무 과하게 몰입하지 말고 깊게 들어가지도 말라는 거지.

그냥 빨리 거기서, 그냥 빨리 여기서,

"빠져나와."

옥빛 누나가 말했다.

현실로 돌아온 우리는 여전히 석촌호수 산책길을 걷는 중이었다.

"솔직히 말하면 나, 김혜진한테 하나 미안한 게 있어. 그런 말을 하면 안 됐는데. 최근에 기억났는데 말이야. 대학교 때 내가 개한테 뭐라 한 적이 있더라고. 뭐라고 해야 하나, 돌멩이, 광석 같다고 했나? 어쨌든 그런 말 했거든. 아니다. 개가 나한테 그랬었나? 아무튼 내가 화를 좀 냈어. 너네 같은 애들은 그래 봐야 평생 삼류라고, 혼자서는 아무것도 못 하는 영원한 아류라고. 그땐 그랬지. 음. 그러니까 그때 내가 개한테 상처를…… 준 거지? 상처를…… 준 걸까?"

나는 우리 앞에 걸어가는 사람들과 우리 앞으로 걸어오는 사람들을 바라보았다. 옥빛 누나가 말을 이었다.

"아무튼 그건 진심이 아닌데. 왜냐하면 그땐 나도 제정신이 아니었거든. 아까 말한 바로 그런 상태였어. 내가 만든 가상의 무대에 너무 깊이 빠져 있었어. 그래서 그런 말을 해 버린 거야. 좀 후회되더라고. 그 이후로 개는 어떻게 되었을까 싶고……. 그래서 용호 너한테는 이런 말 해 주는 거야. 네가 지금 김혜진이랑 만나서 뭘 하는지는 모르지만, 적당히 하라고. 적당히 거기까지만 하고 그만 빠져나오라고. 제발 좀 현실을 살라고."

현실을 살아라.

옥빛 누나의 그 말과 함께 순간 나를 둘러싼 세상이 너무나 낯설게 느껴졌다. 우리 앞에 걸어가는 사람들과 우리 앞으로 걸어오는 사람들. 가족과 연인과 친구 단위의 사람들. 핸드폰으로 아이돌 노래를 틀어 듣고, 오늘 직장에서 있었던 일들을 얘기하며, 저녁 메뉴를 고민하는 사람들. 나는 마치 처음 물에서 육지로 나온 양서류의 최초 조상처럼 그들을 보았다. 느꼈다. 들었다. 그들이 내는 웃음소리, 그들이 만끽하는 일상, 그들이 이겨 내는 그 모든 하루하루. 당신들의 현실.

양서류의 최초 조상은 아직 달려 있는 아가미를 빼끔거렸다.

예전에 옥빛 누나는 맨투맨이 스포츠 용어이기도 하다고 말해 준 적 있다. 우리말로 하면, 이른바 대인방어. 축구나 농구 같은 팀 스포츠에서 상대편을 상대하는 수비 전략과 관련된 용어였다. 한 명이 정해진 구역을 맡아 그곳을 수비하고 압박하는 지역방어랑 달리, 대인방어는 한 명이 특정한 한 명을 전담하여 오직 그 사람만을 수비하고 압박하는 것이라고 했다.

그러고 보면 내 인생은 언제나 대인방어를 당해 온 셈이다. 내가 이동한다고 해서 벗어날 수 있는 게 아니었다. 어디를 가든 따라왔다. 나이를 먹고 졸업을 하고 새로운 일을 시작하고 이사를 하고 새로운 일상을 보내더라도, 나에겐 똑같은 거대한 그림자가 드리워져 있었다. 맨투맨이었다.

수비한다. 압박한다. 나를 전담 마크하고 있는 누군가를 없애지 않는 이상 영원히 그럴 것이었다. 혹은 내가 나인 이상 영원히 그럴 것이었다.

"그거 맞아요."

내가 말했다. 앞을 보며 걷던 옥빛 누나가 나에게 고개를 돌렸다.

"누나가 상처 준 거 맞아요."

심장이 쿵쾅거렸다. 언젠가 누나한테 사귀자는 고백을 하면 어떨까 상상했을 때보다도 더 떨렸다. 나는 나의 심장 소리가 혹시 누나에게 들릴까 봐 그 소리를 가리기 위해 크게 외치듯 말했다.

"누난 좋겠네요, 참! 부러워요! '빠져나와라' 하면 빠져나와지고, '살아라' 하면 살아지고! 하지만 있잖아요! 누나가 하는 말이, 그 대단하신 일장 연설이요, 뭐라 해야 하지…… 좀 왠지!"

누나가 동그란 눈으로 나를 주시했다. 나는 침을 꿀꺽 삼키고 말했다.

"느끼하네요."

이어 빼큐를 날렸다, 아니 날리려 했다, 나쁜 년처럼(나는 태생적으로 년이 될 수 없으나), 그러려고 했다. 차마 열두 살짜리 여자애가 록키에게 했던 것처럼 욕은 할 수 없어서 그 대용이었는데, 반쯤 핀 중지는 허공에서 덜덜 떨렸다.

그러고는 호다닥 도망쳤다. 타닥 타닥 타닥, 내 발소리가 한가로운 산책로에 퍼졌다. 우리 앞에 걸어가는 사람들과 우리 앞으로 걸어오는 사람들을 헤치고, 나는 달렸다. 혹시 열받은 누나가 날 잡으러 따라올까 무서웠다. 그래서 쓱 뒤를 돌아보니 누나는 아까 그 자리에 그대로 서서 내 쪽을 물끄러미 보고 있었다. 그 광경을 보니 내가 한심하게 느껴졌다. 나는 뛰기를 멈추고 천천히 걷기 시작했다.

그런데 몇 걸음 갔을까. 타닥 타닥 타닥, 급한 발소리가 들려왔다. 뒤를 돌아보니 날 잡으러 뛰어오는 옥빛 누나가 보였다. 그 표정은 마치…… 잡히면 뒤진다고 말하는 것 같았다. 나는 다시 달렸다. 도망쳤다.

집으로 가는 길, 몸이 유독 무거웠다. 다행히 잡히지 않고 무사히 옥빛 누나를 따돌릴 수 있었다. 누나의 연락이 계속해서 왔지만 무시했다. 내가 너 못 찾을 것 같냐는 협박성 문자에 몸이 떨렸다. 지금이라도 용서를 빌어야 하나라는 생각에 손가락이 통화 버튼으로 향했는데, 정작 내가 전화를 건 사람은 옥빛 누나가 아니었다.

"어, 영호야."

치성이 형의 살가운 목소리가 들려왔다.

"형."

"응. 무슨 일이야."

"난 이제 항복이야."

"뭐?"

나는 숨을 길게 내쉰 뒤 말했다.

"난 이제 그만하려고."

잠시 침묵 뒤 치성이 형이 말했다.

"네가 뭘 시작했다고 그만두는데."

"……."

대꾸할 말이 없었다. 전화를 끊었다. 이후 치성이 형이 무슨 일이냐며 날 걱정하는 문자를 계속 보내왔다. 그러게. 무슨 일일까.

나는 조용한 밤거리를 터덜터덜 걸었다. 물론 여기가 필라델피아의 거리일 리는 없었다. 다만 속절없이 중얼거릴 따름이었다. 그래, 내가 뭐라고…….

「록키」의 실베스터 스탤론이 표정 변화가 거의 없고 입에 알사탕 대여섯 개는 넣은 듯 말이 어눌했던 게 그가 마초스럽게 연기하려 했기 때문이 아니라는 것을, 나는 나중에야 알았다. 그는 태어날 때 겪은 의료사고로 얼굴 신경의 일부가 손상되어 언어장애와 안면신경마비 장애가 있었다.

「록키」는 실베스터 스탤론의 개인적이고 자전적인 요소들이 가득한 이야기다. 하지만 그는 자신의 그 장애에 대한 이야기만은 영화 속에 넣지 않았다.

왜 그랬을까? 나라면…… 넣었을 텐데.

좆 까, 음침한 새끼.

⑦ 초롱이는 자신의 길을 선택한다

7-1

프랑켄과 그녀의 만남은 생각보다 순조롭게 이뤄졌다. 그것이 우리가 찾은 길이었다.

혼자 있을 때면 어김없이 우리를 찾아온 프랑켄과 그녀은 지금껏 우리의 글쓰기를 방해해 왔다. 그들로부터 비롯된 소음이 우리로 하여금 아무것도 쓰지 못하게 만들었다. 특히나 무엇보다도 우리가 우리에 관해 쓰는 것을, 그들은 하지 못하게 했다.

그렇다면 답은 간단했다. 이럴 바엔 걔네들보고 쓰라고 하는 것이었다.

이미 그녀은 나에 관해 글을 쓴 전력이 있었다. 하지만 먼젓번 그런 글이 아니라 어쨌든 「맨투맨」을 고쳐야 했기에 일종의 관리 감독을 할 역할도 필요했다. 그게 프랑켄이었다. 한마디로 프랑켄과 그녀의 협업이 이루어져야만 했다.

선셋 작가와 나는 저번처럼 모텔방을 잡았다. 엘리베이터에는 그 위대한 명언 문구가 그대로 붙어 있었다.

인간은 운명의 포로가 아니라 단지 자기 마음의 포로일 뿐이다.

나는 그제야 사장님이 이곳에 이런 문구를 붙여 놓은 이유를 알 것 같았다. 그건 위로해 주기 위함이었다. 우리 모두 포로라고, 그러니 슬퍼할 것도 노여워할 것도 없다고, 위로해 주는 것이었다. 그걸 인정하고 받아들이자 마음이 그렇게 편안할 수 없었다. 그렇게 따듯할 수 없었다.

방으로 들어간 우리는 혼자 있다고 생각하며 각자 천천히 술을 마시기 시작했다. 마치 자기암시 명상이라도 하는 기분으로 말이다. 얼마나 마셨을까. 나에게는 프랑켄이, 그리고 선셋 작가에게는 그녀이 조금씩 모습을 드러내기 시작했다. 마치 우리가 혼자 있을 때처럼. 어쩌면 선셋 작가와 내가 서로 너무 닮은 존재라 프랑켄과 그녀도 크게 신경을 쓰지 않았을지 모르겠다. 둘이 있는데도 혼자라고, 하나라고 여겼을지 모르겠다.

여태껏 우리는 어디까지나 그들을 경계해 왔다. 그들에게 방어적으로 대하면서 그들과 우리 사이에 그어진 선을 지키려 했다. 예컨대 그들이 일종의 대인방어로 우리를 전담 마크하고 있는 거라면, 우리는 우리에게 있는 공을 넘겨주지 않으려 애썼다.

하지만 이제는 아니었다. 우리는 그들과 우리 사이에 그어진 선을 허물고, 그들에게 우리를 완전히 맡기기로 했다. 우리에게 있는 공을 그냥 넘겨주기로 했다. 그건 이를테면 빙의와도 비슷한 것이었다.

그리고 결과는 대성공이었다. 다음 날 숙취로 지끈한 머리를 부여잡고 노트북을 확인하자 평소의 선셋 작가라면 쓰지 못했을 분량의 수정본이 거침없이 적혀 있었다. 마법과도 같은 일이었다. 중간중간 인간의 언어가 아닌 참새나 오소리의 언어 같은 문장들만 지우면 그럭저럭 볼만했다. 우리는 아침 9시부터 해장술을 먹으며 스스로를 자축했다. 드디어 우리가 나아갈 길을 찾은 셈이었다.

그들, 프랑켄과 그년은 우리와 확실히 달랐다.

우리는 좋게 말하면 겁이 많고 조심스러운 인간이었고, 나쁘게 말하면 비겁한 인간이었다. 말을 하기보단 침묵하는 편이, 어떤 문장을 쓰기보다는 쓰지 않는 편이 낫다고 생각하는 쪽이었다. 혼자 속으로 의심하고 고민하며 생각하다가, 결국엔 아무 말도 아무 문장도 쓰지 않고는 나중에 가서 아, 그때 아무것도 안 하길 참 다행이다, 하고 안심하는 쪽이었다. 실제로 그간 우리가 그런 선택을 함으로써 이득을 보기도 했다.

하지만 그런 태도로는 「맨투맨」을 쓸 수 없었다. 의심하고 고민하며 생각하는 것 따위를 하다가는 아무것도 결정 지을 수 없었다.

그리고 무엇보다도, 의심하고 고민하며 생각하는 것 따위는 아무도 알아주지 않는다. 그것은 행위가 아니라 비행위로 간주된다. 비행위는 욕망 없는 인간의 문장처럼 쓰이지 않는다. 쓰이지 않은 것을 읽어 주는 이는 없다.

그래서 뭐든 해야 하는 것이다. 꼬리에 꼬리를 무는 질문과 소음들은 이제 덮어 두고.

저 멀리로 아득한 곳으로 스스로를 던져야 하는 것이다. 이렇게.

선셋 작가와 나는 우스갯소리로 말하곤 했다. 프랑켄과 그년이 우리보다 더 나은 인간인 것 같지 않냐고. 그러면서 지금은 우리가 우리를 지배하고 있지만 어쩌면 언젠가는 반대로 그들이 우리를 지배할지도 모른단 농담도 했다. 그들이 쓰는 글이 우리를 지배하는 것이다. 그래서 그들이 쓰는 게 곧 우리가 되는 것이다. 그럼으로써 그들이 바로 우리가 되는 것이다.

그 농담에 나는 만일 그렇게 되면 서로를 어떻게 알아보느냐고 물었다. 우리가 진짜 우리인지, 어떻게 구별하느냐고 말이다. 그러자 선셋 작가는 우리만 아는 무언가를 암호처럼 물어보자고 했다. 만일 그 암호에 제대로 대답을 하지 못하면, 그 사람은 프랑켄 혹은 그녀에게 지배당하고 있는 게 아니겠냐고 말이다. 아니, 이미 그 사람은 프랑켄 혹은 그녀이지 않겠냐고 말이다.

"그런데 그럼 암호를 뭘로 하죠?"

내 물음에 선셋 작가는 역시나 물음의 형식으로 답을 해왔다.

"우리 둘의 암호니까요. 역시 우리 둘만의 것으로 해야겠죠?"

"우리 둘만의 것이요?"

나는 그 말의 의미를 곱씹었다. 우리 둘이 보낸 시간과 그래서 만들어진 둘만의 무언가를 떠올려 보았다. 선셋 작가도 나와 비슷한 듯했다. 그러다 그는 문득 뭔가 생각난 듯 말을 꺼냈다.

"그거 어때요? '맨투맨'의 의미요. 그걸 우리만의 암호로 하는 거예요. 어쨌든 그게 우리가 둘이서 해 온 거잖아요."

선셋 작가의 얼굴은 살짝 상기되어 있었다. 나는 그 얼굴을 마주 보았다.

잠시 침묵이 흘렀다. 우리는 그 침묵의 문장을 읽기라도 하듯 나란히 아무것도 없는 허공을 바라보았다.

이내 나는 짐짓 고개를 갸우뚱거리며 물었다.

"근데 있잖아요. '맨투맨'의 의미가 뭐죠?"

그 물음에 선셋 작가는 웃음이 터졌다. 대화는 거기서 끝났지만 우리는 오랜만에 함께 웃었다.

7-2

뭐가 그리 진지했던 거야.

뭘 그렇게 어깨에 힘을 주고 있었던 거지.

어쩌면 우린 우리가 만든 비밀 암호로 속삭이던 어린애들에 불과했는지도 몰라.

암호의 정답은 처음부터 존재하지 않았고

암호의 목적은 암호를 풀지 못하게 하는 것.

선셋 작가와 내가 취해서 지껄이는 헛소리가 허공에서 원을 그렸다.

시나리오 수정 작업이 진척될수록 우리의 알코올 섭취량이 늘어나는 건 당연한 수순이었다. 어차피 우리는 둘 다 주정뱅이 출신이었고 여태까지는 어떻게든 참아 온 것이었다. 하지만 이젠 그럴 필요가 없다. 우리는 모텔 카운터에서 친해진 아르바이트생과 눈인사를 하며 소주병을 들고 방으로 올라간다. 그렇게 의식을 준비한다. 그건 일종의 제사이자 귀신을 소환하는 번제이기도 했다. 번제를 통해 우리는 프랑켄과 그년을 부르고, 그 대가로 바치는 제물은 바로 우리 자신이다. 활활 타는 불길 속에 우리를 던져 놓는다.

그런데 그게 또 편하다. 하염없이 아늑하다. 우리는 녹아내리는 아이스크림처럼 허물어진다. 새까만 숯이 되는 장작처럼 바스라진다.

다른 건 몰라도 「맨투맨」의 시나리오가 점점 재밌어지는 것만큼은 확실했다. 그리고 우리의 초롱이는 사람들에게 사랑받을 수 있을 인간으로 무럭무럭 자라고 있었다. 가치가, 그냥 가치도 아닌 바야흐로 가치 있는 가치가 창출되는 중이었다. 우리가 허물어지는 인간이 되어 갈수록 이야기는 잘 직조된 건축물처럼 단단해지는 모순을 우리는 지켜보았다.

어쩌면 이렇게 되길 우린 은근히 바라 왔던 것일지도 몰랐다. 하지만 스스로를 직접 움직일 수는 없었다. 선셋 작가는 몰라도 최소한 나는 그랬다. 나는 누군가 등을 떠밀어 주길 바랐다. 마지못해 하게 되도록, 급류에 휩쓸려 가는 것처럼 나의 의지와는 무관하다는 듯, 하지 않을 수 없는 이유와 어쩔 수 없는 변명이 생기길 바랐다. 무해한 인간으로 살아오는 동안 차곡차곡 쌓아 온 이 탑을 누군가가 나 대신 발로 뻥 차 무너뜨려 줬으면 했다. 악취 나는 가스로 가득 찬 이 풍선에 바늘을 찔러 줬으면 했다.

그리고 그렇게 되어 버렸다. 마음이 편해졌다. 참았던 오줌을 함부로 방뇨하는 기분이었다.

어쩌면 나에게 프랑켄이 있기에, 그리고 선셋 작가에게는 그년이 있기에 우리가 지금껏 온전히 살 수 있었는지도 모른다. 우리를 대신하여 오물을 먹고 토해 내는 그들. 우리는 그들 덕에 한껏 괴로워하는 포즈를 취할 수 있었다. 그들의 존재로 인하여 우리는 우리가 마치 부당한 형벌이라도 받는 것 같은 흉내를 낼 수 있었다. 죄는 미워하되 사람은 미워하지 말라는 문장 속의 사람이 되어, 우리는 우리와 우리의 죄를 서로 떨어뜨려 놓았다. 대신에 피 PD처럼 악당 역할을 할 배역을 만들었고, 그 반대편에서 우리도 우리의 배역에 안착할 수 있었다. 무고할 수 있었다. 떳떳할 수 있었다.

그렇다면 우리는 프랑켄과 그년에게 참으로 감사해야 할 것이었다. 그동안 싸울 상대가 되어 주었으니. 우리가 싸우는 제스처를 취할 수 있게 해 주었으니.

7-3

내가 지금 취했는지 안 취했는지 구분하지 못할 지경에 이르렀을 무렵에 치성이 형이 왔다. 형은 현관 앞에 서서 한 차례 시나리오를 쓴 뒤 널부러져 있는 선셋 작가와 나를 번갈아 보았다.

뭐야 저 형은. 왜 등장한 거지?

난 대체 형이 왜 이 모텔방까지 온 것일까, 애초에 내가 여기 있는지 어떻게 알았을까, 형이 내게 계속 연락을 해 오긴 했지만 내가 문자에 답장하거나 전화를 받지는 않았던 거 같은데, 아, 아닌가, 혹시 내가 저번에 형에게 여기 한번 놀러 오라고 연락했었나, 그렇게 스스로에게 대답 없는 질문을 늘어놓으며 소주만 홀짝였다. 형에게 인사하기 위해 몸을 일으키려다가 그만 휘청이며 미끄러져서 엉덩방아를 찧었다. 그리고 그 자세 그대로 누워 버렸다. 나는 너무나 취해 있었다. 모텔 방에서 얼마나 머물렀는지도 기억나지 않았다.

형은 뚜벅뚜벅 우리에게 다가왔다. 나는 속으로 내가 지금 너무 취해서 헛것을 보고 있을지도 모른단 생각을 했다. 또는 꿈속에서 초롱이가 내 앞에 나타났듯이, 이야기 속의 등장인물로 하여금 그가 디딘 지면을 찢고 세상 밖으로 나오게 하는 어떤 강렬한 정념이 그를 지금 이 순간 내 눈앞에 데려다 놓은 것일지도 몰랐다. 그렇담 형이 날 찾아온 게 아니라 내가 형을 부른 게 아닐까.

영호, 너 나한테 그랬지. 이제 그만하겠다고.

치성이 형이 딱딱하게 말했다.

하지만 넌 정작 뭔가를 한 적도 없어. 왜 「록키」를 쓰지 않는 거야.

사람 좋은 얼굴로 화를 내는 치성이 형이었다. 나는 대답했다.

형, 「록키」 같은 거 이제 아무도 안 봐요. 옛날 거라고, 구리다고 한다고요.

내 말에 형은 입을 다물었다. 그는 잠시 (어째서인지는 모르지만) 섀도복싱을 하더니 물었다.

그러면 그거, 「맨투맨」은 그렇게 잘났어? 그렇게 대단해?

사실은 비슷해요. 「록키」랑.

비슷하다고?

네. 그냥 실베스터 스탤론이 초롱이가 된 것뿐이에요. 어차피 양갱은 똑같이 양갱일 뿐이라고요. 포장지가 바뀐 거지.

응? 웬 양갱?

내용물은 똑같아요. 달라질 수 없어요. 이제 세상에 나올 수 있는 모든 맛있는 양갱은 이미 다 나왔대요. 그래서 우리가 할 일은, 포장지나 잘 만드는 일이에요. 양갱 맛 아시죠? 형도 이미 다 아시잖아요. 그거예요, 그거.

양갱 맛있겠다.

못 알아들은 척하지 마세요.

…….

치성이 형은 더 이상 살아갈 이유가 없는 사람처럼 어깨를 늘어뜨렸다. 나는 마음이 안 좋아져 위로하듯이 말했다.

실은 저도 옛날에 「록키」 같은 걸 쓰려고 했고, 실제로 그런 적도 있었는데요……. 음…… 혹시, 이 이야기 한번 들어보실래요?

치성이 형이 고개를 끄덕였다. 나는 잠깐 머릿속으로 말을 고르다가 천천히 이야기를 시작했다. 그건 마치 치성이 형의 경기처럼 아무도 궁금해하지 않고 아무도 재밌어하지 않는, 그래서 세상에 존재한 적 없고 어딘가에 쓰여 본 적도 없는,

나의 이야기였다. 옆에서 선셋 작가의 코 고는 소리가 들려왔다. 선셋 작가는 취하면 코끼리처럼 코를 골곤 했다. 하지만 우린 아랑곳하지 않았다. 치성이 형은 방 한쪽 구석에 쪼그려 앉아 무릎을 껴안은 채로 내 이야기를 들었다. 그는 자지 않고 재밌게 들었다. 낮인지 밤인지 모를 시간들이 지나갔다.

그런데 내 이야기는 도무지 끝날 기미를 보이지 않았다. 하루가 지나고 이틀이 지나도 그랬다. 하면 할수록 자꾸만 늘어나는 듯했다. 이것저것 부연 설명을 하다가 다시 도돌이표처럼 뒤로 돌아갔다. 그것까지는 괜찮았다. 그런데 어떤 때는 내가 전혀 겪어 보지 못한 이야기가, 즉 존재한 적 없던 허구의 이야기가 막 튀어나오곤 했는데, 이상한 것은 그게 내가 지어낸 가짜가 아니라 똑같이 내 이야기의 일부분이라고 느껴진다는 것이었다.

그렇게 그것이 이 모든 이야기가 되어 갔다.

시간이 얼마나 지났을까. 며칠이 지난 것 같기도 하고, 단 몇 시간이 지난 것 같기도 했다. 그사이에 나는 꾸벅꾸벅 졸다 깨서 치성이 형에게 내 이야기를 조금 해 주고는 선셋 작가와 술을 마시며 시나리오를 얘기하고, 다시 꾸벅꾸벅 졸다가 깨서 치성이 형에게 지난번 했던 이야기에 이어 계속 이야기를 들려주기를 반복했다. 치성이 형은 구석에 앉은 그 자리에서 꼼짝도 하지 않은 채 내 이야기를 듣는 것 외에는 아무것도 하지 않는 것처럼 보였는데 심지어 잠도 자지 않는 것 같았다. 그런데 그 와중에도 선셋 작가는 단 한 번도 치성이 형 쪽을 쳐다보지 않았다. 마치 치성이 형이 보이지 않는 것처럼 말이다. 그러면서도 선셋 작가는 계속 술을 마셨고, 그녀이 글을 쓰는 꼴을 멀거니 지켜보았다.

한마디로 그곳은 아늑한 포로수용소였다. 그렇게 영원히 평화로울 것만 같던 때였다.

콰광!

무언가 박살 나는 소리에 돌아보니, 문을 박차고 들어온 옥빛 누나가 보였다.

"여기 있었네. 이제 막 나가는구나, 아주."

혀를 차며 한숨 쉬는 옥빛 누나였다. 그 목소리가 막힌 귀를 뚫고 고막에 전해지는 것처럼 생생했다. 드디어 붙잡았다는 듯 내 쪽을 의기양양하게 훑던 옥빛 누나의 시선이 어딘가에서 딱 멈췄다. 나는 옥빛 누나의 시선을 따라갔다. 그 끝에는 선셋 작가가 있었다. 선셋 작가의 시선 역시 옥빛 누나에게 고정되어 있었다.

둘의 시선이 허공에서 부딪혔다. 그 부딪힌 지점이, 그곳에서 피어오르는 열기가 너무 뜨거워 치성이 형과 나는 그만 손을 들어 얼굴을 가려야만 했다.

두 사람에게 서로를 알아볼 시간 같은 건 필요하지 않았다. 그리고 그간 만나지 못해 잠시 어색해하거나 멋쩍어할 시간도 필요치 않았다. 다만 거두절미하고 안부 인사 대신 주고받는 쌍욕들로 인해 과거 그 두 사람의 인연이 꽤 두터웠음을 알 수 있었다. 전쟁터에서 빗발치는 총알처럼 둘의 욕이 오고 갔다. 누군가가 누군가에게 bitch라고 했고, 또 누군가가 누군가에게 너야말로 bitch라고 했다. 누군가가 누군가에게 넌 사실 bitch가 아니라고 했고, 또 누군가가 누군가에게 너야말로 bitch 흉내 내는 중이라고 했다.

나는 머리가 핑핑 돌았다. 시야가 흐릿해지며 누가 누군지 잘 구분되지 않았다. 이윽고 누가 먼저랄 것 없이 서로에게 달려드는 둘이었다. 육탄전을 벌이기 시작하는 모양이었다. 그런데 잠깐, 지금 옥빛 누나와 싸우는 게 선셋 작가인가 아니면 그년인가, 헷갈렸는데 나는 갑자기 너무 잠이 쏟아지는 나머지 눈이 감겨서 확인할 수 없었으며, 아무튼 그 싸움이 치성이 형의 경기보다 수십 배는 재밌다는 것은 확신할 수 있었고, 「맨투맨」에도 저런 싸움이 등장해야 한다고 생각하다가, 어쩌면 그게 우리가 한 번도 상상하지 못한 「맨투맨」의 마지막 가능성일지도 모른다는 생각이 번뜩 들었는데, 곧 아니다, 그건 소비자들로 하여금 누가 악당인지 괜히 헷갈리고 혼란스럽게 할 수 있으니 당연히 안 되겠다고 생각하며……

나는, 나도 모르는 어둠으로 깊이깊이 추락했다.

7-4

꿈속에서 누군가 말했다.
나는 당신이 읽는 것을 쓸 뿐이다.

7-5

중요한 순간에 주인공이 어떤 선택을 하느냐에 따라 그 이야기가 어떤 이야기인지 결정된다. 몸속에 남성 호르몬이 비정상적으로 많이 흐르는 초롱이는 어떤 선택을 해야 할까.

1) 남자 선수랑 싸운다.

2) 여자 선수랑 싸운다.

이 단순해 보이는 두 가지 선택지로도 수많은 변주가 가능하다. 그에 따라 우리가 팔고자 하는 가치도 달라진다.

혹은 두 가지가 결합된 제3의 선택지도 존재한다. 초롱이가 남자 선수와의 경기에서 이긴 뒤, 이에 감명받은 여자 선수들이 스포츠 협회 및 단체를 향해 집단행동에 나선다. 그들은 주장한다. 초롱이는 자신이 원하는 상대와 싸울 자격이 있으며, 그게 남자든 여자든 본인이 선택할 수 있다고. 그리고 만일 초롱이가 원한다면 남성 호르몬 수치가 얼마냐와는 상관없이 여자인 자신들도 초롱이와의 경기에 응하겠다고. 여기엔 눈물겨운 연대가 한 스푼 들어가는 셈이다. 이 버전의 엔딩은 초롱이가 관중들의 환호를 받으며 링 위에 올라가는데 상대 선수가 남자인지 여자인지는 제대로 보이지 않는 장면으로 마무리된다. 열린 결말, 혹은 책임지지 않는 엔딩.

이렇듯 수많은 선택지가 우리 앞에 있었다. 그래서, 그중 어떤 걸 선택해서 시나리오로 썼냐고?

우리는 무엇 하나를 선택하지 않았다. 그냥, 전부 다 썼다.

닷새가 넘는 합숙 동안 우리는 서로 다른 버전의 「맨투맨」 시나리오를 총 여섯 개 완성해 냈다. 그 안엔 초롱이가 자신의 모습 그대로 '정정당당'하게 남자와 싸우는 선택도 있었고, 그게 아니고 남성 호르몬 억제제를 맞은 뒤 역시나 '정정당당'하게 여자와 싸우는 선택도 있었다. 이제 선셋 작가는 전리품처럼 얻은 이 여섯 개의 시나리오를 피 PD에게 가져갈 것이었고, 원하는 입맛대로 골라 보라고 할 것이었다.

비겁한 일이라고는 생각하지 않았다. 오히려 무엇을 선택하는 것 자체가 오만한 일이라고 생각했다. 초롱이는 자신의 길을 선택할 자격이 있을지 몰라도, 우리는 그런 자격이 없다고 생각했다.

거짓된 일이라고도 생각하지 않았다. 도리어 무엇이 진실인지를 결정하는 것 자체가 주제넘은 일이라고 생각했다. 진실은 구하는 자에게 있지 주는 자에게 있지 않다고 생각했다.

어쩌면 앞으로 「맨투맨」은 일종의 윤리적인 작품, 이 사회의 선한 콘텐츠가 될지도 몰랐다. 충분히 그럴 수 있었다. 선함은 선한 의도에서 만들어지는 것이 아니며, 또 반대로 선하지 않은 의도가 선함을 만들 수 없는 것도 아니기에.

내가 보는 앞에서 선셋 작가는 피 PD에게 여섯 개의 시나리오가 첨부된 메일을 보냈다. 그러고서 우리는 거지꼴을 한 채 모텔방에서 나왔다. 건물 바깥으로 나오자 쏟아지는 햇살에 눈이 부셔 우리는 잠시 꼼짝도 하지 못했다. 이 세계가 이제 막 태어난 것만 같았다. 잠시 후 겨우 눈을 뜰 수 있게 된 뒤 우리는 슬슬 헤어질 준비를 했다. 우리 둘의 협업은 여기까지였다.

선셋 작가는 아마도 며칠 안에 피 PD와 직접 만나 얘기하게 될 것 같다고 말했다. 그 자리에서 우리가 쓴 「맨투맨」에 대한 성과가 결판날 것이었다. 당연히도 그 자리에 나는 가지 못한다. 앞으로의 평가는 오로지 선셋 작가의 몫이었다. 나는 마치 링에 올라가기 직전 자신의 선수를 마주 보는 코치라도 된 심정이었다.

선셋 작가는 결과가 나오면 꼭 연락 주겠다며, 개기름이 좔좔 흐르는 초췌한 얼굴이지만 그 위에 홍조를 띠며 말했다. 나는 꼭 연락 달라고 대꾸했다. 우리는 손을 팔랑팔랑 흔들며 헤어졌다. 나는 같은 자리에 서서 점점 멀어지는 선셋 작가를 바라보았다. 허무함이 밀려왔다. 그리고 무엇보다도 내일부터 뭘 할지 막막해졌다.

그런데 문득 어떤 위화감이 들었다. 나는 이 위화감의 정체를 알 수 없어 미간을 찌푸리며 한참을 그대로 있었다. 그리고 잠시 후 나는 깨달았다.

주위가 너무나 조용했다. 진공의 우주에서처럼. 마치 이 세상에 나 혼자 남겨진 듯이.

선셋 작가의 모습은 이제 작은 점으로 보였다. 건잡을 수 없는 피로가 밀려와 어깨가 축 처졌다. 그때 뒤에서 커다란 손이 내 등을 툭툭, 두들겼다. 수고했어, 라고 말하는 것 같았다. 툭툭, 수고했어, 인마, 툭툭,

딱히 뒤를 돌아보지는 않았다. 하지만 굳이 보지 않아도

내 뒤에 서 있는 그가 누구인지는 알 수 있었다. 그렇게 나는 어쩌면 현실 세계에서는 존재하면 안 될 거대한 몸집의 그와 마지막으로 작별 인사를 했다. 툭툭, 아.

그리고 진짜 혼자가 되었다.

⑧ 초롱이는 싸우고, 이긴다

8-1

사는 것은 실은 싸우는 것이 아니라 지는 것이다. 받아들이자. 어제의 나와 사이좋게 악수하며 나는 오늘도 지고 만다. 그래도 괜찮다. 대신 내일의 내가 나한테 져 줄 거다.

어째선지 오전 7시 45분에 눈이 떠졌다. 알람을 맞춰 놓지 않았는데도 그랬다. 카페에 갈 일이 없었는데도 그랬다. 아무것도 하지 않고 멍하니 천장만 바라보았다. 잠에서 깨고 말았지만 아무런 할 일도 없고 그렇다고 해서 다시 잠들지도 못할 때처럼 서글픈 때는 아마도 없을 것이다. 나는 고여 있는 물 웅덩이에서 태어난 물고기처럼 서글픔에 잠겨 꼼짝도 하지 않고 있었다.

그나마 다행인 점은 2주 정도 기다린 끝에 드디어 선셋 작가에게서 연락이 왔다는 것이었다. 그는 피 PD와 시나리오에 대해 얘기를 했다고 말했다. 즉, 결판이 났다는 소리였다. 그는 나에게 직접 만나서 어떻게 됐는지 말해 주겠다고 했다. 우리는 며칠 뒤 토요일에 만나기로 약속을 잡았다. 가슴이 두근거렸다. 나에게는 그때가 바로 결판의 순간이었기 때문이다. 이것이 만일 한 편의 이야기라면 이 이야기의 클라이맥스이자 이후의 내 삶을 완전히 변화시킬 가장 극적인 지점.

그 지점을 의식하며, 나는 짐짓 차분히 그것을 기다리는 중이었다. 서두를 것도 조급해할 것도 없다. 내가 원하든 원치 않든 시간은 나를 그 지점에 데려다 놓을 것이었다. 그러니 굳이 지금의 내 생활을 고칠 필요는 없었다. 지우려 하면 할수록 더러워지는 때 탄 지우개처럼 엉망이 된 내 인생을 이제 와 수정할 필요도 없었다.

옥빛 누나의 제안에 이렇다 할 반응을 하지 않은 이유도 그 때문이었다. 옥빛 누나는 지금이라도 늦지 않았으니 새로운 인생을 살라면서 나에게 제대로 된 일을 할 생각이 없냐고 물었다. 자신의 스티커 사진 매장들을 돌아다니며 청소하고 관리하는 일인데, 돈을 많이 벌진 않지만 어렵지 않고 나름 규칙적으로 할 수 있는 일이라고 했다. 왠지 옥빛 누나는 그날 모텔에 들이닥쳐 선셋 작가와 난투극을 벌인 적이 아예 없었던 것처럼 나를 대했다. 그 태도가 너무 천연덕스러워 나도 진짜로 모두 다 없었던 일인 것처럼 장단을 맞췄다.

아무튼 누나 입장에선 그래도 나를 신경 써서 그런 제안을 한 것이겠지만 구차하게 느껴지는 건 어쩔 수 없었다. 어제를 팔아 오늘을 연명하고 오늘을 담보로 내일을 버는 그런 인생이 언제까지고 이어질 거라 생각하는 것일까. 하지만 나는 이제 곧 전혀 다른 차원의 인생으로 넘어갈 몸이었다. 이전의 인생과는 철저히 단절될 것이다. 이전의 나는 스티커 사진 속에서처럼 순간을 영원히 박제한 모습으로만, 이를테면 과거형의 서술로만 남아 있을 것이다. 그런 나를 향해 옥빛 누나는 혹시 너 또 뭐 개똥 같은 생각 하고 있거들랑 정신 차리라며 한 대 칠 기세로 말했다. 나는 못 들은 척했다.

세상은 가을이 지나가고 겨울이 오는 중이었다. 주워 담을 수 없는 지난날이 낙엽처럼 바짝 마른 얼굴을 하고 거리를 뒹굴었다.

그렇게 차분히 기다리던 중에 치성이 형의 소식이 들려왔다. 치성이 형이 타이틀전을 하게 되었다는 소식이었다.

치성이 형에게는 다시 안 올 기회였다. 비록 큰 단체는 아니지만 그래도 챔피언은 챔피언이었고, 형이 그것을 쟁취할 순간이 목전에 와 있는 셈이었다. 그리고 사실상 타이틀전의 기회를 얻은 이상 이미 챔피언 벨트는 형의 허리에 있다고 해도 과장이 아니었다. 이변이 없는 한, 압도적인 확률로 형이 이길 것이었다. 아니, 정확히 말해 형이 질 확률은 없었다. 여태까지 형이 챔피언의 위치까지 가지 못한 이유는 단 하나였다. 어떤 단체도, 아무도 형에게 그런 기회를 주지 않았다는 것. 하지만 그럼에도 형은 변함없이 싸워 왔다. 마치 바다를 향해 천천히 기어가는 어느 달팽이처럼 말이다. 그리고 드디어 도달할 리 없을 것 같던 바다의 수평선이 손 뻗으면 닿을 듯 보이게 된 것이다. 형에게 기회가 온 것이다. 17년 만에 처음으로 말이다.

당연히 축하해 주러 가야겠단 생각이었다. 그런데 경기 일정을 확인하던 나는 멈칫했다. 토요일이었다. 선셋 작가와 만나기로 한 바로 그날이 형의 경기 날이었다.

주인공이 둘 중에서 꼭 하나만을 선택해야만 하는, 드라마에 종종 나오는 그런 딜레마적인 상황은 물론 오지 않았다. 둘 다 가능했다. 형의 경기는 점심 이후였고 선셋 작가와의 만남은 저녁 무렵이었다. 형의 경기를 보고 선셋 작가를 만나면 되는 일이었다. 일이 술술 풀린다 싶었다. 모든 게 다 나를 위해 착실히 준비되었다는 확신이 들었다.

토요일 당일, 날씨는 좀 쌀쌀했지만 하늘엔 구름 한 점 없었다. 공기가 상쾌했다. 나는 느긋하게 집을 나섰다. 형의 경기가 시작하는 시간보다 5분에서 10분 정도 늦게 경기장에 도착할 계획이었다. 경기를 시작부터 지켜볼 이유도 없었을뿐더러 그러고 싶지도 않았다. 오늘 같은 날, 나에게도 좋고 형에게도 좋은 이날에 괜히 경기를 보다가 쿨쿨 잠들어서 몽롱해지고 싶지 않았기 때문이다. 경기장 앞에 도착한 나는 한 손에 뜨거운 커피 한 잔을 든 채 어디 산책이라도 나온 사람처럼 여유롭게 입구로 들어갔다.

그런데 경기장 안으로 들어서자 나는 하마터면 커피를 떨어뜨릴 뻔했다. 엄청난 환호성과 고함 때문이었다. 바둑 대국에서나 나오는 작은 탄성 혹은 조그맣게 코 고는 소리라면 모를까 평소 형의 경기에선 절대 나올 수 없는 소리였다. 반사적으로 나는 링 위를 바라보았다.

치성이 형이 공중에 떠 있었다. 한 마리의 나비처럼 우아했다. 시간이 잠시 느리게 흘러가는 기분이었다. 천천히 천천히, 형의 몸이 나사가 회전하듯 돌았다. 머리 쪽이 서서히 아래로 향했고 형은 포물선을 그리며 움직였다.

쿵, 하며 링 바닥에 곤두박질 친 건 형이었다. 상대 선수의 킥에 맞고 공중에 붕 떴다가 넘어진 것이었다. 상대 선수는 쓰러진 형에게 달려들었다. 그리고 흡사 예전에 아이들이 오락실 앞에서 두더지 잡기 게임을 하듯이 주먹으로 치성이 형의 머리를 콩, 콩, 때렸다. 콩, 콩, 속절없이 치성이 형은 맞았고, 이내 지켜보던 심판이 끼어들었다. 심판은 공중에서 두 손을 엇갈려 흔들었다.

관중들이 박수 치며 소리쳤다. 아, 나는 입을 멍하니 벌리고 서 있었다. 경기가 끝났다. 17년간 치성이 형이 기다려 오던 경기가 끝나 버렸다.

그리고 치성이 형은 졌다.

대기실을 찾아갔을 때 형은 혼자 멀거니 앉아 있었다.

형, 내가 불렀다. 형은 돌아보지도 않고, 왔니, 대답했다. 형, 나는 다시 불렀다. 형은 대답이 없었다. 형, 나는 또 불렀다. 형, 형.

"왜 자꾸 부르니."

형은 몸을 일으키며 물었다.

"경기 봤어?"

나는 고개를 끄덕였다. 비록 마지막 5초를 봤을 뿐이지만. 죄책감이 밀려왔다. 이제 형에게 이런 기회는 다시 안 올 것이다. 형은 이제…… 형은…… 형…….

"그랬구나. 경기 처음부터 끝까지, 진짜 장난 아니었지?"

"어, 어."

나는 얼떨결에 대답했다. 형은 쓱 고개를 돌려 나를 보았다. 희미한 그의 이목구비 위로 그 특유의 사람 좋은 미소가 퍼졌다. 그리고 그의 다음 말이 나를 돌처럼 꼼짝 못 하게 했다.

“다들 좋아했어. 그치?”

쿵. 형의 마지막 펀치가 내 심장을 때렸다.

세상이 정지한 느낌이었다. 안개 너머에서 서서히 사물이 보이듯 머릿속으로 어떤 깨달음이 윤곽을 드러냈다. 나에겐 가혹한 깨달음이었다.

“그래, 그거면 됐어.”

그렇게 자신의 은퇴를 선언하는 치성이 형이었다. 잠시 후 약속 장소인 카페에 앉아 선셋 작가를 기다리면서 나는 내가 깨달은 그것을 계속해서 곱씹었다.

형은 일부러 졌다.

충분히 이길 수 있었지만 그러지 않았다. 처음이자 마지막으로, 형은 수많은 것을 포기하고 무언가를 내던졌다. 그리고 본인은 그림자 뒤로 사라졌다. 퇴장했다.

핸드폰 진동 소리에 정신을 차렸다. 피 PD에게 전화가 오는 중이었다. 받고 싶을 리 없었지만 안 받을 수는 없었다.

“여보세요? 아, 피디님, 쉬이이익, 오랜만, 잘 지낸, 쉬익 쉬이이이익, 쉬익, 아 근데 제가 밖이라, 쉬이이, 쉬이이익, 자, 잘 안 들리는, 쉬이이익, 쉭쉭, 쉑쉑, 호이호이, 쉬익, 쉬이이익, 얍얍, 쉬이이…….”

“어. 영호야. 나 지금 김혜진 작가랑 있는데.”

쉬이이이익, 하던 나는 멈칫했다.

"오늘 김혜진 작가랑 약속이었다며? 근데 지금 나랑 일 좀 보느라고 아마 오늘 약속 못 갈 거 같은데. 이거 미안해서 어쩌나. 잠깐 김혜진 작가 바꿔 줄까?"

더 이상 쉬이이익…… 할 수는 없었다. 나는 고분고분하게 답했다.

"네, 그래 주시면 감사하겠습니다."

수화기 너머로 전화 바꾸는 소리가 들리더니, 이윽고 선셋 작가의 목소리가 들려왔다.

"영호 씨."

"네."

"미안해요, 오늘. 사정이 생겨서……."

"아니에요, 괜찮아요."

잠시 침묵이 흘렀다. 깊고 깊은 적막, 서러움. 나는 헛기침을 하고 물었다.

"저…… 근데 「맨투맨」 결과는 어떻게 됐어요?"

내 물음에 선셋 작가는 눈치 보며 잠깐 피 PD로부터 몇 발짝 떨어지는 듯했다. 그러더니 조용히 답했다.

"수정하기로 했어요."

"예? 뭘요?"

"제가 써 온 걸 바탕으로 해서…… 좀 더 고쳐 보기로 했어요."

"고쳐요? 하나가 선택된 게 아니라요?"

"네."

"뭔가 결정된 것도 아니고?"

"네, 그렇죠."

"그냥 또 수정한다고요?"

"……."

입을 다물고 있던 선셋 작가는 짐짓 밝게 말했다.

"그래도 피 PD님이 시나리오 참 좋아졌다고 말했어요. 이번엔 버전도 여섯 가지나 있으니까, 그걸 잘 조합하고 섞어서, 마지막으로, 진짜 마지막으로 수정하면……."

마지막, 마지막으로. 선셋 작가는 그렇게 말했지만 아마 본인도 알 것이었다. 마지막이란 없을 것임을. 끝나지 않을 것임을. 영원히 질 것임을. 나는 축 가라앉은 목소리로 물었다.

"뭐가 문제였답니까? 아쉬운 점이 뭐래요?"

"그게……."

나는 침을 꿀꺽 삼켰다. 나를 덮칠 무언가를 대비했다. 동시에 기대했다. 하지만 이어 들리는 선셋 작가의 목소리는 담담했다.

"그게요. 인물의 욕망이 잘 안 보인다네요."

"……."

"……."

"그렇군요."

"네."

"네, 알겠어요. 수고하셨어요. 감사합니다."

"저기, 영호 씨."

전화를 끊으려 하는 나를 선셋 작가가 서둘러 붙잡았다. 그러고는 마치 배우가 무대 위에서 꼭 해야겠다고 미리 준비한 대사를 내뱉듯 결연하게 말을 꺼냈다.

"그동안 정말 감사했어요. 저 사실 영호 씨가 그거 본 거 알고 있었어요. 하지만 비밀로 해 두고 싶어서 지금껏 모르는 척해 온 거예요."

"네? 제가 뭘 봐요?"

"다이어리에 제가 쓴 문장이요. 영호 씨가 저 화장실 간 사이에 읽으셨잖아요. 그거……."

그러고는 또박또박 말하는 것이었다.

"나는, 아무에게도, 읽히지 않는다."

그는 내 반응을 기다리듯 잠시 숨죽였다가 말을 이었다.

"그리고 이제야 좀 알 것 같아요. 우리 암호요. 그 의미를 우리는 바깥에서 찾으려 했었는데 그게 아니었어요. 의미는 바깥이 아니라 안에 있었어요."

뒤이어 그는 작게 속삭였다.

"투. to. 거기서 우리는 싸움이나 대결 이외에 다른 걸 상상하지 못했어요. 그런데 그게 아니었어요. to는 그냥 만나게 해주는 것이었어요. 만나서 마주 보는 거요. to는 결국 하나의 가능성이었고 의미란 건 결국 거기서부터 시작되는 거였어요. 그게 진짜 중요한 거였어요. 그게 우리가 만든 가치였어요. 영호 씨가 내 문장을 읽어 줬던 것처럼요."

선셋 작가의 목소리가 떨리고 있었다. 숨이 차는지 심호흡을 하는 그의 숨결엔 부끄러움과 작은 기쁨이 묻어 있었다.

하지만 나는 어리둥절할 따름이었다.

"투? 지금 무슨 말씀하세요?"

"네? 우리 암호요."

"암호라뇨. 무슨 암호를 말씀하시는 거예요?"

내 물음에 선셋 작가는 당황했는지 서둘러 말했다.

"아니, 우리 둘이 정한 거 있잖아요. 기억 안 나세요?"

선셋 작가는 계속 뭐라고 설명했으나 난 당최 무슨 소리를 하는 건지 알 수 없었다.

"글쎄요. 뭔가 착각하시는 거 같은데……."

"아니 분명히……."

그는 무언가 더 말하려다가 멈췄다. 수화기 너머로 가느다란 숨소리만 들려왔다.

그러다 뚝, 숨이 끊겼다. 뭔가를 곰곰이 생각하다가 이내 입을 다무는 그의 모습이 상상됐다. 내가 뭔가 잘못이라도 한 느낌이었다. 하지만 그 잘못이 무엇인지 몰라 더 잘못한 느낌이었다.

"아니에요. 신경 쓰지 마세요. 그럼, 감사합니다."

그가 전화를 끊었다. 당연히도 수화기 너머에선 이제 아무 소리도 들리지 않았다.

카페 밖으로 나오자 찬바람이 훅 덮쳐 왔다. 밖은 어두워져 있었고 나는 웅크린 채 타박타박 거리를 걸었다. 몸에 커다란 구멍이 뚫린 듯했다. 그 구멍으로 찬바람이 지나갔다. 쥐고 있던 것들이 우수수 떨어졌다. 과녁이 사라진 듯 공허했다.

뭔가를 잊은 기분이었다. 뭔가를 잃은 기분이었다. 하지만 그게 뭘까?

문득 나중에 선셋 작가가 우리 둘의 이야기로 시놉시스나 소설을 쓴다면 참 재밌겠단 생각이 들었다. 그리고 바로 다음 순간, 그런 글을 언젠가 읽어 본 것 같기도 해서 고개를 갸우뚱했다. 하지만 분명 그런 기억은 없다. 데자뷔 같은 것일지도 모른다. 그런데도 나는 뜻 모를 중얼거림을 반복했다.

이렇게 허무할 리가 없는데. 있어야 하는데, 뭔가가, 있어야 하는데…….

그때 관자놀이에 차가운 것이 닿았다. 흠칫해서 고개를 들자, 하늘하늘 떨어지는 하얀 가루들이 보였다. 눈이 내리는 중이었다. 이번 겨울의 첫눈이었다.

떨어지는 눈을 멀거니 보던 나는 주머니에 손을 넣었다. 그런데 안에서 종이 같은 게 잡혔다. 꺼내 보니 그건 스티커 사진이었다.

사진 속엔 네 명이 포즈를 취하고 있었다. 모두 얼큰하게 취한 상태였다. 대체 언제 찍었는지 기억나지 않는 사진이었다. 그 속엔 선셋 작가, 나, 치성이 형, 그리고 옥빛 누나까지 모두 가족처럼 바짝 붙어 있었다. 특히 선셋 작가와 옥빛 누나는 자매 같았다. 하지만 나로서는 마치 아직 오지 않은 미래라도 본 느낌이었다. 혹은 아예 다른 버전의 시나리오처럼 이젠 갈 수 없는 길인 것 같기도 했다. 나는 눈을 뗄 수가 없었다. 저쪽에 있는 그들이, 이쪽의 나를 향해 웃는다. 나는 저쪽으로 갈 수 있을까. 만날 수 있을까.

갑자기 사진이 뿌옇게 보였다. 김 서린 유리창처럼 흐려졌다. 나는 눈을 한 번 감았다 떴다. 그러자 뚝, 하며 뜨거운 것이 볼을 타고 흘렀고 다시 눈앞이 잘 보였다.

스티커 사진을 다시 주머니에 넣고 손을 빼려던 나는 멈칫했다. 주머니 속에서 분명 조금 전까지는 없었던 것이 잡혔기 때문이다. 차갑고 단단한 감촉이 손끝에 전해졌다.

나는 그것을 꺼내 보았다. 총이었다. 마법과도 같이.

총이 등장했다. 빵야 빵야, 하는 그 총이 맞았다. '총이 등장한다면, 그 총은 언젠가는……'. 오른손에 들린 총을 보며, 나는 지금의 8-1을 넘어 8-2, 8-3을 헤아려 보았다. 아무것도 보이지 않았다. 다만 밤하늘에 하늘하늘 떠다니는 하얀 눈가루들만이 보였다. 있어야 하는데, 뭔가가, 있어야 하는데. 그런 중얼거림이 무의미하다는 걸 깨닫는다. 이제야 알겠다. 이 모든 싸움을 시작했고 동시에 끝낼 수 있는 유일한 사람이자 진짜 악당이 누구인지를 나는 이제야 안다.

총을 들어 올렸다. 관자놀이에 총구가 닿았다. 방아쇠를 당기는 건 내가 아닐 것이다. 하지만 나는 나로 하기로 한다. 지금껏 내가 하지 못했고 하지 않았던 것들을 떠올리며 나는 치성이 형이 마지막으로 했던 말을 흉내 내 본다. 그래, 그거면 됐어.

탕!

거리 위로 메아리치는 총소리.

무언가를 관통하고 난 뒤 바닥에 떨어진 탄환.

영호 …….

침묵.

그러나 영호의 시체는 어디에도 없다.

침묵만 남기고 영호는 영영 사라져 버린 것 같다.

이제 아무도 없다. 이제 당신밖에 없다.

당신만 남았다.

조용한 밤거리가 풍경화처럼 보인다.

그 거리는 어쩌면 필라델피아일지도 모른다.

그 밤은 어쩌면 추석일지도 모른다.

무대의 막이 내려가듯 천천히 암전되는 화면.

이제 드디어 완결, 진짜 끝,

하지만 이 끝 너머에 있을지 모를

어떤 어렴풋한 가능성을 꿈꾸게 하며

Man

to

Man.

작가의 말

이 소설을 아주 많은 분들이 읽으셨으면 좋겠다. 사서 보시면 제일 좋고, 그렇지 않으면 도서관에서 빌려 보시더라도……

나는 타인으로부터 나를 지키기 위해 소설을 쓴다고 생각했다. 소설 쓰는 일은 나의 고유성을 지키는 것이며, 아무도 침범하지 못하는 나만의 영역에서의 (고독하지만 멋진) 투쟁이라고 생각했다.

이제는 그 생각에 반만 동의한다. 나라는 인간 자체가 수많은 타인들의 흔적이 모인 총합이라는 것을 깨달았기 때문에 그렇다. 그리고 (고독하지만 멋지진 않은 나의) 이 소설은 그

흔적의 기록이다.

흔적을 남겨 준 숱한 분들의 이름이 스쳐 지나간다. 민음사의 김세영 편집자님은 작가도 보지 못한 작품 속의 가장 섬세하면서도 가장 중요한 부분들을 살펴봐 주셨다. 대단했다.

함께 술을 마셔 주고 또 심지어 자주 술을 사 주기까지 했던 친구들. 항상 조용하게 지켜봐 주는 인천의 가족들. 그들 모두 내게 뭔 소설 같은 걸 쓰냐 정신 좀 차려라 이놈 자식아 같은 말 없이 묵묵히 나를 응원해 줬다. 고마웠다.

무엇보다 이 소설에 대한 메모의 첫 문장을 적었던 어느 밤. 어두컴컴한 밤하늘 위에서 이 소설의 최초 독자로 상상했던, 나로 하여금 처음으로 누군가가 읽을 걸 상정하고 소설을 쓰게 해 준 별이 없었으면 난 아마도 자기연민이나 하다가 알코올 중독으로 거꾸러졌을지도 모른다. 놀라웠다.

소설은 독자가 읽는 순간에야 완성된다. 따라서 여기까지 읽어 주신, 즉 지금 이 작가의 말을 읽고 계신 바로 여러분 덕분에 이 소설이 존재할 수 있는 것이고, 그러니 마지막 감사의 말씀을 여러분에게 드리고 싶다. 물론 분명히 작품은 안 읽고 작가의 말부터 먼저 읽고 있는 분들도 있겠지만…… 그러시더라도 어쨌든 감사하다.(이제 앞부분을 읽어 주세요.)

서로가 쏜 탄환에 상처받는 일이 없었으면 한다.

이 소설을 통해 우리가 서로에게 의미 있는 흔적이 되었으면 한다.

맨투맨이다.

그래서 다시 한 번, 이 소설을 아주 많은 분들이 읽으셨으면 좋겠다. 도서관에서 빌려 보시는 것도 좋고, 사서 보시면 제일 좋고…….

너는 지금 당장 이 질문에 대답해야 한다

안세진(문학평론가)

여기 누군가 있다. 30대 언저리의 남자. 엉망진창으로 생겼고. 좀처럼 눈에 띄지 않는. 자세히 보니 정부 주관 콘텐츠 지원 사업에 원서를 넣고 있다. 아무래도 그는 글을 쓰려고 하는 것 같다. ***이름은 영호. 잘 기억나지 않는 이름.***

나는 지금 소설 위에서 드러나고 있는 이 조합이 이미 그 자체로 어떠한 경쟁력도 없다고 확신할 수 있다. 대체 누가 이 이야기를 펼쳐보려고 할까? 그래도 인내심을 갖고 영호의 이야기를 조금 더 읽어 보자. 그가 대체 무슨 시나리오를 쓰려고 하는지. 그가 만들고 싶은 영화가 대체 무엇인지.

그런데…… 그가 좋아하는 영화는 「록키」다. 실베스터 스탤론이 나오는 그 영화. 백인 루저 남성 록키가 불굴의 의지로

흑인 프로 복싱 선수에게 눈물겨운 판정패를 거두는 50년 전 영화. 흑인 민권 운동으로 위축된 백인 하류층 남성의 위기감을 보수적으로 반영하고 있다는 이유로 그동안 평론가들에게 수없이 두들겨 맞은 영화. 어떤 비판적 논의를 점화하기 위한 땔감으로 쓸 것이 아니면 이제 더 이상 볼 필요가 없을 것 같은, 그런 영화……

아무래도 여기서 독자가 느껴야 하는 감정은 안타까움인 것 같다. 2024년에 「록키」를 좋아하고 있는 이 주인공은 진심으로 어떤 저주 같은 것에라도 걸린 걸까? 그래도 그의 이야기가 세계에서 살아남을 수 있는 가능성이 완전히 사라진 것은 아니다. 차라리 그러한 시대착오적인 취향을 전면에 노출시켜 뻔뻔하게 밀어붙이는 것이 하나의 전략이 될 수도 있겠다. 시대와 불화하면서 이상을 좇는 돈키호테. 패배할 것을 알면서도 싸우는 마초. 그런 이야기들은 꾸준히 나오고 팔린다. 운이 좋다면 어떤 평론가가 그로부터 표면적인 반동성을 넘어서는 모종의 의미를 발견해 낼지도 모른다.

하지만 그러기에 이 소설의 주인공은 너무 소심하다. 그는 자신의 취향이 뒤처졌을 뿐만 아니라 심지어 위험하다는 사실을 너무 '잘' 알고 있다. 그는 영화 「록키」 주변을 얼쩡대며 성장해 온 자신의 이야기가 다만 "남성들의 세계를 담은 길고 장엄한 대서사시"(95쪽)에 불과하며 그런 걸 좋아하는 사람들은 “지난 시대에 이미 다 죽었”(56쪽)다는 사실을 잘 알고 있다. 그는 남들 앞에서 「록키」를 좋아한다고 말하는 것이 때로는 장(champ) 내부에서 자신의 입지를 매우 취약하게 만들 수 있다는 사실 또한 잘 알고 있다. 그는 자신의 취향이 결코 자랑스럽게 내세울 만한 종류의 것이 아니며, 불필요한 리스크를 감수하기 싫다면 차라리 그것을 숨기는 것이 낫다는 사실을 매우 예민한 후각으로 알아차리고 있다.

그렇지만 동시에 그는 자신이 「록키」를 보면서 느꼈던 좋음을 포기하지 못한다. 그는 “입에 알사탕 대여섯 개는 넣고 있는 듯 어눌한 발음에 목소리는 걸걸하게 까는”(126~127쪽) 실베스터 스탤론이 흡사 로봇 같은 연기로 보여 주었던 어떤 ‘진정성’의 모습을 잊지 못한다. 담배를 피우는 열두 살짜리 여자애한테 되도 않는 온갖 훈계를 늘어놓다가 “좆 까, 음침한 새끼”(137쪽)라는 말을 듣고 쭈뼛쭈뼛 어둠 속으로 사라지는 록키의 모습을 기억한다. 살면서 처음으로 “나 자신이 쓰레기가 아니라고 느[끼]”(127쪽)기 위해 이해할 수 없는 원칙과 승리할 수 없는 싸움에 매달리는 록키의 모습을 기억한다. 오래전, 인천 변두리의 한 동네에서 「록키」를 보면서 그가 느꼈던 그 수많은 감정들을, 사춘기 소년의 서툰 동일시가 그에게 파급하였던 그 낡은 의미들을, 끝내 버리지 못한다.

영호의 글은 그러한 애매한 태도 위에서 쓰이기 시작한다.

그에게는 뉴 할리우드의 반동성을 오롯이 품을 용기도 없고, 스스로의 취향을 부정하며 메타적인 위치로 도약할 뻔뻔함도 없다. 그에게 욕망이라는 것이 있다면 그저 사람들에게 미움받는 글을 쓰고 싶지 않다는 것, 그리고 가능하다면 자기가 쓴 글로 돈도 조금 벌어 보고 싶다는 것. ***이 불쾌할 정도로 미지근한 욕망.*** 우리는 그것을 '균형'에 대한 욕망이라고 부를 수도 있을 것이다. 그렇게 그는 글을 하나 쓴다. 절묘한 균형을 이룬 채. 끊임없이 주변을 곁눈질하며. 자신이 할 수 있는 모든 낙법들을 동원해 가며.

그 결과로 여기에 탄생한 「맨투맨」*은 아무래도 '끔찍한 혼종'이 되어 버린 것처럼 보인다. 선천적으로 남성 호르몬이 분비되는 여고생 MMA 파이터 '초롱이'의 눈물겨운 일대기를 담고 있는 「맨투맨」의 시나리오는 마치 2024년에 맞추어 업데이트 혹은 검열 삭제된 「록키」의 한 판본처럼 보인다. 작중 'CJ ENM 기생오라비'의 입을 빌려 통렬하게 비판되는 것처럼 그것은 얄팍하고 표면적인 페미니즘을 다분히 소재적으로만 활용하고 있으며,** 그렇다고 그런 요소가 통상적인 재현

---

* 이 글에서는 최재영의 소설을 『맨투맨』으로, 작중 영호가 쓰는 시나리오를 「맨투맨」으로 구분하여 지칭한다.

** 영호의 시나리오가 '노리고' 있는 것은 페미니즘뿐만이 아니다. 「맨투맨」의 초고에서 초롱이는 미군 아버지와 한국인 어머니 사이에 태어난 흑

의 임계를 건드릴 만큼 자극적인 것도 아니다. ***그것은 다만 균형을 맞추고 있을 따름이다.*** 1970년대의 뉴 할리우드 시네마와 2020년대의 페미니즘 시네마 사이에서. 어린 그를 사로잡았던 좋음과 지금-여기에서 분명해지는 나쁨 사이에서. 초롱이 주변에 다른 캐릭터를 넣어서 러브 라인을 삽입하라는 시장의 요구와 창작물에 여성이 주요 등장인물로 등장하면 가산점을 주겠다는 영진위의 제도 사이에서.

그러한 기계적 균형의 배면에서 작가를 옥죄는 두려움을 발견하는 것은 어렵지 않다. 사실 「맨투맨」이 탄생하는 현장에서 작가의 모습은 말끔하게 지워져 있다. 그곳에는 다만 "여고생, MMA 격투기, 여성 스포츠, 호르몬 이슈, 페미니즘"(138쪽)과 같은 시의성을 띠는 키워드들이 여덟 가지 시퀀스로 나누어진 상업 영화의 공식 속에 기계적으로 배치될 따름이다. 이야기의 소재는 어디까지나 "남아공의 여자 육상 선수 캐스터 세메냐의 사례를 참고한 것"(21쪽)이고, 그것이 담고 있는 주장의 수위 역시 사회적 "정상참작"(110쪽)의 범위를 크게 벗어나지 않는 것처럼 보인다.* 그곳은 마치 섬세하게 설계된 무균의 실험실처럼 보인다. 변인들은 철저하게 통제되고 있으며,

---

인 혼혈아로 설정되어 있다. 그러나 그러한 작품의 초기 설정은 한국에서 흑인 혼혈 배우를 구하기가 어렵다는 '현실적인' 이유로 매우 손쉽게 반려된다.

작가는 유리 벽 뒤에서 "시대의 키워드"(138쪽)들이 배양된 파레트를 조용히 바라보고 있다. 한 명의 관리자로서 작가에게 요구되는 책임이란 이제 "조용히 당사자들끼리 잘 합의하세요"(40쪽)라는 아무도 듣지 않는 멘트를 주기적으로 방송하는 정도면 충분할 것이다. ***무엇보다 이 구조 속에서 작가는 합법적으로 면책되고 있다.***

실험실에서 배양된 이 매끈한 이야기를 살아 있는 이야기라고 부를 수 있을까? 하나의 형상이 아니라 분절된 조건들로 존재하는 초롱이를 살아 있는 인물이라 부를 수 있을까? 그렇지만 그러한 결함은 사소한 것일지도 모른다. ***어찌 되었든 여기에서 「맨투맨」은 언제나 미묘한 '판정승'을 거두고 있기 때문이다.*** 페미니즘의 주제 의식을 담고 있다기에는 미묘하게 얄팍하고, 「록키」의 후속작이라고 보기에는 미묘하게 복잡하지만, 어느 쪽에 비추어 보았을 때도 쓰레기 같은 작품은 아니다. 그런 관점에서 「맨투맨」은 굉장히 '안전한' 전략을 택하고 있다. 다르게 말하자면 그곳에는 언제나 변명과 참작의 여지가 남아 있는 것이다. 걸린 판돈은 크지 않지만, 최소한 여기서 그는 지고 있지 않다. 냉소적으로 말해 그것은 '「록키」를

---

* 심지어 소설 속에서 이와 같은 주장은 영호 자신이 아니라 그가 창조해 가상의 인격인 '프랑켄'의 목소리를 빌려 개진되고 있다.

좋아하는 30대 남자 작가 지망생' 영호가 지금-여기의 한국에서 거둘 수 있는 최대한의 승리일지도 모른다.

그런데 문제는 이 '안전한' 시나리오가 이제 더 이상 팔리지 않는다는 것이다. 이것은 꽤나 충격적인 사실인데, 왜냐하면 불과 몇 년 전만 해도 이러한 전략이 어느 정도 먹혀들었기 때문이다. 우리는 '무해함' 또는 '착함'이 하나의 화두가 되어 한국 사회를 휩쓸고 지나갔던 몇 년 전의 풍경을 기억하고 있다. 양극화되어 가는 사회에 대한 반발로 터져 나왔던 그러한 대중적 요구 속에서 「맨투맨」이 획득하고 있는 균형 감각은 어느 정도 미덕으로 여겨졌을지도 모른다. 작품이 표방하고 있는 중간자적 위치는 분명한 상업적인 소구점이 있었을 것이고, 때에 따라 그것이 밀수하고 있는 제삼자적 태도마저 어떤 신중함으로 칭송될 수도 있었을 것이다. 그러나 시대는 변했고 이제 그런 시나리오는 팔리지 않는다. 사용자의 연령, 젠더, 소득, 학벌, 정치 성향에 맞춰 가장 알맞은 콘텐츠들이 선별되어 추천되는 2024년의 개인화된 미디어 환경 위에서 「맨투맨」이 취하고 있는 어정쩡한 태도는 기껏해야 '타겟층'이 불분명하다는 소리를 들을 뿐이다. 작품의 유일한 미덕이라 할 만한 절묘한 균형 감각은 이제 오히려 그것의 매력을 감소시키는 약점으로 작동하고 있으며, 그것의 진영적 애매함은 어떠한 매개도 없이 곧바로 상업적 애매함으로 이어지고 있다. 작중 「맨투맨」의 시나리오가 투자자들에게 퇴짜를 맞을 때마다 반복해서 제기되는 "주인공의 욕망이 보이지 않는다"(36쪽)는 지적은 한편으로 그 뒤편에 놓인 작가의 욕망을 집요하게 캐묻고 있다. ***너는 대체 누구의 편을 듣고 있냐고. 우리에게 그것을 확실하게 이야기하라고.***

이 소설은 팔리지 않는 「맨투맨」의 시나리오를 앞에 둔 채 우리에게 아주 냉혹한 진실 하나를 속삭인다. 그것은 소설 속에 등장하는 '치성이 형'이 영호에게 가르쳐 준 소중한 교훈이기도 하다. 아주 오랜 시간에 걸쳐 훈련해 온 "정석적인 잽과 원투"(79쪽)로 10년 동안 꾸준하게 싸워 온 무명의 MMA 파이터 치성이 형. 실력 하나는 확실하지만 그 흔한 KO 하나 없이 "40전이 넘는 모든 전적이 판정승 또는 판정패"(81쪽)인 치성이 형. 파이트머니 50만 원을 받고 우수어린 눈빛으로 "나, 돈 벌려고 이 운동하는 거 아니야"(130쪽)라고 말하는 치성이 형. 그런 치성이 형의 모습은 좋고, 너무 좋지만…… 소설은 그것이 사실 "더럽게"(81쪽) 재미없고 보는 사람들을 하품 나게 만들 뿐이라는 사실을 어떤 위악도 없는 건조한 목소리로 폭로한다. 이 소설이 치성이 형의 사례를 경유해서 우리에게 전달하는 교훈은 다음과 같다. ***이제는 더 이상 판정까지 가면 안 된다.*** 이기더라도 확실하게 이겨야 하고, 지더라도 확실하게 져야 한다.

이러한 작가-파이터의 은유가 소설 내부에서 아주 매끈하게 작동하고 있다는 것은 역으로 지금-여기의 문화 산업 시스템 자체가 UFC의 투기적 구조와 더 이상 변별되지 않는다는 사실을 의미한다. UFC에서 타이틀전을 얻기 위해서 파이터는 단순히 이기는 것을 넘어서 무엇인가 인상적인 퍼포먼스를 보여 주어야 한다. 시작과 동시에 플라잉 니킥을 날려서 상대방을 반쯤 죽여 놓거나, 커팅이 난무하는 말 그대로의 혈투(血鬪)로 케이지 바닥에 피비린내를 풍겨야 한다. 지루하고 정석적인 경기로는 아무것도 얻을 수 없다. 소설 속, 치성이 형은 그의 마지막 경기에서 일부러 진다. 충분히 판정으로 승리할 수 있었음에도 그는 "수많은 것을 포기하"(187쪽)며 화려한 KO 패배를 연출한다. 관중석에서는 여태껏 들어보지 못한 환호성과 박수가 터져 나오고 치성이 형은 망가진 얼굴로 웃는다. "다들 좋아했어, 그치?"(187쪽) 그 웃음은 영호에게 무엇보다 "가혹한 깨달음"(187쪽)으로 다가온다.

영호는 치성이 형이 흘린 핏자국을 밟고 케이지에 올라 「맨투맨」의 결말을 다시 쓴다. 이제 그는 자신의 손으로 어떤 균형을 무너뜨려야 한다. 그는 누군가와 싸워야 한다. 그는 누군가의 편을 들어야 한다. 그 결과로 그는 이기거나 지게 될 것이다. 그것으로 인해 그는 무엇인가를 얻거나 잃게 될 것이다. 그러나 어찌 되었든 이야기는 끝나야 한다…… 이제 정말 그는 무엇인가를 선택하고 주장해야 한다. 실베스터 스탤론과 캐스터 세메냐 사이에서. 뉴할리우드 시네마와 페미니즘 시네마 사이에서. 어제의 좋음과 오늘의 나쁨 사이에서. 영호는 결국 무엇을 선택할 것인가.

……***그러나 그는 결국 모든 것을 선택한다.*** 영호는「맨투맨」을 위해 여섯 개의 서로 다른 결말을 쓴다. 그곳에는 초롱이가 남자와 싸우는 결말도 있다. 물론 초롱이가 여자와 싸우는 결말도 있다. 심지어 그곳에는 상대방의 성별이 끝내 밝혀지지 않는 '무해한' 결말도 준비되어 있다. 미루어 짐작해 보건대 아마 그곳에는 더 자극적인 결말도 포함되어 있을 것이다. 어쩌면 초롱이가 자살하는 배드 엔딩이 들어 있을지도 모른다. 그중 무엇이 진실인지, 무엇이 진실이 되어야 하는지는 중요하지 않다. 아니, 차라리 이 평면 위에서는 모든 것이 동일한 강도로 진실이다. 이곳에는 모든 경우의 수가 뷔페처럼 미리 준비되어 있으며, 편집자, 투자자, 그리고 독자는 자신의 취향에 맞춰서 그중 하나의「맨투맨」을 선택하여 읽으면 그만이다.*

---

* 이야기의 시작부터 끝까지 시종일관 부유하고 있는 '맨투맨'이라는 제목 역시 마찬가지다. 소설 전체에 걸쳐 '맨투맨'의 의미에 대해 이런저런 해석이 시도되지만 모두 저마다의 이유로 약간씩 말이 되며 그 의미값은 끝까지 고정되지 못한다. 이는 의도된 것에 가까운데, 왜냐하면 그곳에는 애초

이것은 이 소설에서 우리가 만나게 되는 ***가장 저열한 장면***이다. 왜냐하면 그는 모든 것을 선택함으로써 ***사실 아무런 선택도 하고 있지 않기*** 때문이다. 이러한 '조립식 시나리오'의 구조 속에서 선택의 책임은 또다시 다른 사람에게 떠넘겨진다. 최대주의의 선율 사이로 모든 가능성들이 수확되지만 정작 그것을 지휘하고 있는 작가의 자리는 비어 있다. 그는 다만 어떠한 자극적인 가능성들을 배설한 채 암막 뒤로 쥐새끼처럼 숨어들고 있을 뿐이다. 소설의 윤리는 폭파되었다. 그는 또다시 도망치고 있다. 이건 비겁하다. 정말 쓰레기같이 비겁하다.

그런데…… 그에게 뭔가 다른 가능성이 열려 있었을까? 나는 여기에 잠시 멈추어 서서 — 마치 영호가 그러하였듯 — 그에게 주어질 수 있었던 다른 결말을 상상해 보지만, 도대체 좀처럼 그럴듯한 이야기가 떠오르지 않는다. 말의 역설적인 의미에서, 무한히 열려 있는 「맨투맨」의 결말은 소설 속 영호의 이야기가 도달할 수 있는 유일한 결말은 아니었을

에 의미 같은 것이 존재하지 않았기 때문이다. "Man to Man, 흔히 말하는 '느낌적인 느낌으로' 지었는데 정확히 무슨 뜻인지 문법상 적절한지 따위는 나조차 알지 못했다."(19쪽) 소설은 '맨투맨'이라는 제목에 대해 몇 가지 적당한 해석들을 늘어놓고 있으며, 독자는 그중 맘에 드는 하나를 기념품처럼 가져가면 그만이다.

까? 어쩌면 이 비겁한 풍경은 2024년 한국에서 '「록키」를 좋아하는 한 30대 남자 작가 지망생'이 숨을 쉬며 글을 쓸 수 있는 유일한 공간일지도 모른다. 그리고 지금 여기에서 우리가 그동안 가꾸어 온 글쓰기의 가능성은 바로 이런 방식으로 풍족하게 폐색되고 있는지도 모른다. 아마 「맨투맨」의 결말은 앞으로도 계속해서 늘어날 것이다. 여러 갈래로 뻗어나가는 분기들. 가능성의 개수에 비례하여 줄어드는 작가의 죄. 우리는 그것을 말없이 바라보고 있다.

그런데 그 순간, ***이 소설은 조금씩 망가지기 시작한다.*** 소설의 마지막 몇 페이지에서 우리는 그것의 서사적 핵을 이루고 있었던 가장 기본적인 사실관계들이 뒤틀리는 매우 기묘한 광경을 마주하게 된다. 주인공은 몇 페이지 전에 자신이 이야기했던 내용을 기억하지 못한다. 인물들은 마치 어떤 사건이 일어나지 않았던 것처럼 행동한다. 영호는 주머니 속에서 자신의 주변 지인들이 모두 모여 한 가족처럼 웃고 있는 정체를 알 수 없는 스티커 사진을 발견한다. 소설은 우리에게 지금-여기에서 진행되는 이야기가 아닌 또 다른 이야기가 어딘가에 존재하고 있다는 사실을 넌지시 암시한다. 마치 영호의 조립식 시나리오처럼, ***소설은 우리가 의식하지 못한 어느 순간에 분기해 버린 것처럼 보인다.****

무엇인가가 계속해서 무너진다. 소설은 비약하고 뒤틀린

다. 아직 해결되지 않은 이야기들이 뒤섞이고 다른 시공간의 설정들이 침투하는 혼란 속에서 『맨투맨』은 결말을 향해 속수무책으로 달려간다. 그런데 언뜻 보니 이 결말은 망해 버린 것 같다. 영호는 결국 성공하지도 실패하지도 않은 것 같고, 그렇다고 그러한 찝찝함을 상쇄할 만한 무슨 자극적인 러브 라인이 형성된 것도 아니다. 누구에게도 어필하지 못할 것 같은 어중간한 결말. 기껏해야 판정승을 거둘 것 같은 애매한 결말…… ***이럴 바에 그냥 영호를 총으로 쏘아 죽여 버리는 것은 어떨까?*** 할리우드 영화에서 "뒤처리하기 번거로운 캐릭터"(143쪽)를 처리하는 방법처럼. 그 순간 마법과도 같이 영호의 손에 쥐어진 총. 누군가의 말대로, "총이 등장한다면, 그 총은 언젠가는 반드시 발사되어야 한다."(12쪽) ***탕*** —

발사된 총.
사라진 영호.
조용한 밤거리.
천천히 암전되는 화면.
엔딩 크레딧이 올라간다.

---

* 영호가 쓴 시나리오 「맨투맨」과 그것을 감싸고 있는 최재영의 소설 『맨투맨』 사이에서 발생하는 이와 같은 메타적 비틀림은 작품의 목차에서부터 이미 예견되어 있다.

극장의 불이 켜진 뒤, 작가는 암막에서 나와 관객에게 묻는다.

당신은 이 결말에 만족하는가?

사실 이 소설의 모든 것은 바로 이 하나의 질문을 던지기 위해 쓰여졌다고 해도 과언이 아닐 것이다. 당신은 책을 닫기 전에 이 질문에 대답해야 한다. 작가는 당신의 대답을 기다리고 있다. 주변을 살펴보지만 도망칠 곳은 없다. ***"야, 집중해. 난 지금 너한테 얘기하는 거야. 너한테. 지금, 바로 너."***(148쪽) 대답해, 만족했는지. 나에게는 더 많은 결말들이 준비되어 있다. 너는 어떤 결말을 원해? 말만 해, 나는 그 모든 것들을 써줄 수 있다…… 뭐라고? 이게 아닌 다른 해석을 원한다고? ***탕*** —

추천의 글

"이 정도도 못 견딜 거라면 일찍 그만두는 게 낫다." 많이 들었고 많이 했던 말이다. 영화감독, 시나리오 작가 지망생들은 맷집을 키우고 현실에 타협하라는 훈계를 듣는다. 하지만 그런 훈계는 사실 듣는 청춘보다 말하는 어른들을 위한 것이다.

『맨투맨』은 뜨겁고 생동감 넘치지만 동시에 무기력하고 냉소적이다. 생기와 열정이 원래 젊은 예술가들의 것이라면, 무기력과 냉소는 세상에 '피를 빨려' 생긴 후유증이다. 자유를 속박당한 채 창의력을 요구받는 예술가들은 결국 창작의 자리를 떠나기 마련이다.

이 소설은 이 시대의 젊은 창작자들, 나아가 다음 세대의 이른 피로감과 정신적 오염의 공포를 재치 넘치는 문장으로

전한다. (정말 문장 하나하나가 다 재미있다!) 최재영이 구체적으로 지목한 비극의 원인에 나는 기꺼이 동의한다. 최재영은 영화 「록키」의 낭만적인 희망도 거부하는데, 그 비뚤어진 저항 역시 응원한다. — 조성희(영화감독)

성공한 코미디는 웃기고 훌륭한 코미디는 슬프다. 자기 존재를 구겨 타인을 즐겁게 하는 사람과 이야기는 재미있다. 그러나 그 사람이 바로 나고 내 삶이 그 이야기였다는 것을 알 때 웃기는 사람과 웃는 사람의 경계는 허물어지고 재미는 복잡해진다. 구겨진 자리에 새겨진 주름과 어둠을 생각하도록 하는 것은 극이 관객에게 주는 최고의 선물이 아닐까? 자조를 섞지 않으면 예술을 말할 수 없는 시대. 모든 욕망을 무대 위에 올려 연기해야 하는 세계. 욕망을 욕망하지 않는 인물이 등장하는 소설은 이제 가치가 없는 걸까? 모두가 사랑하는 그 이야기를 쓸 수 없거나 쓰고 싶지 않은 창작자는 의미가 없는 걸까? 어떤 사랑스러움을 포기하고서라도 쓰는 존재

로 남고 싶은 최재영의 소설은 그 자체로 내게 의미와 가치로 읽혔다. — 정용준(소설가)

오늘의
젊은 작가
46

맨투맨

최재영 장편소설

1판 1쇄 찍음 2024년 10월 11일
1판 1쇄 펴냄 2024년 10월 25일

지은이 최재영
발행인 박근섭·박상준
펴낸곳 (주)민음사

출판등록 1966. 5. 19. 제16-490호
주소 서울시 강남구 도산대로1길 62(신사동)
강남출판문화센터 5층(06027)
대표전화 02-515-2000 | 팩시밀리 02-515-2007
홈페이지 www.minumsa.com

ISBN 978-89-374-7391-3 (04810)
ISBN 978-89-374-7300-5 (세트)